覇者の戦塵1945

# 硫黄島航空戦線

谷 甲州

*Koshu Tani*

C★NOVELS

挿画　佐藤道明
地図　らいとすたっふ

覇者の戦塵1945　硫黄島航空戦線　目次

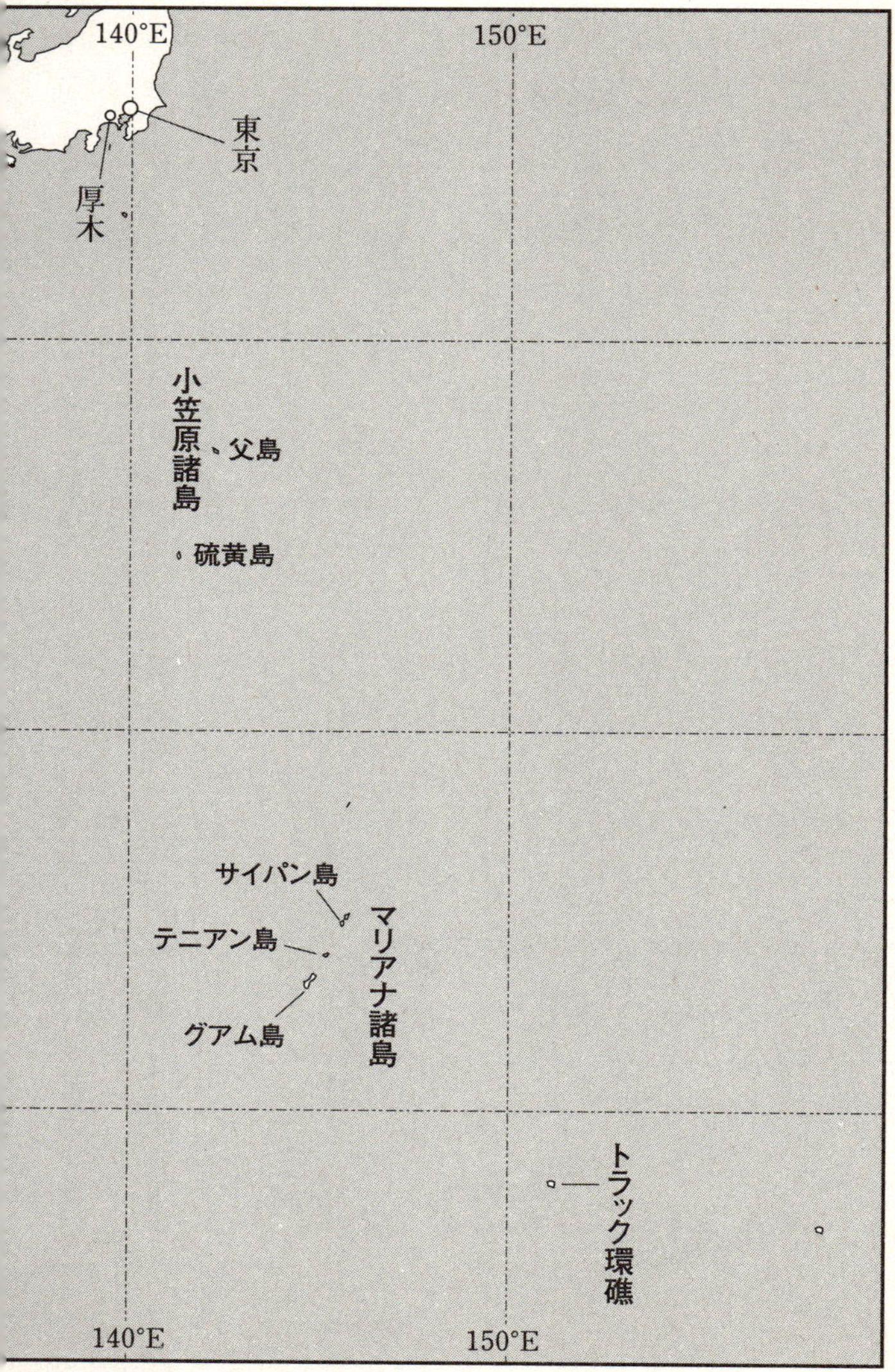

140°E
150°E
東京
厚木
小笠原諸島
父島
硫黄島
サイパン島
テニアン島
グアム島
マリアナ諸島
トラック環礁
140°E
150°E

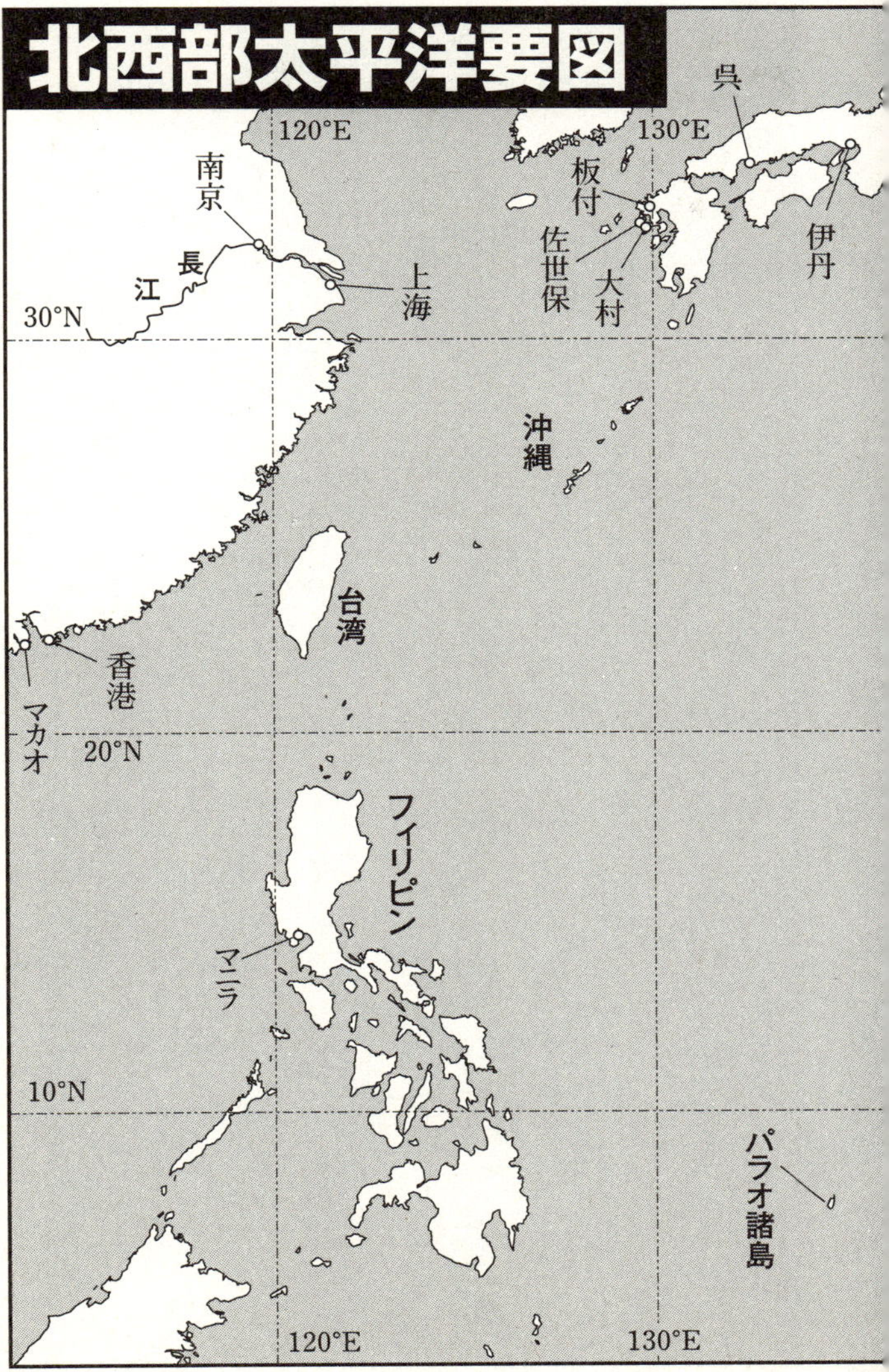
北西部太平洋要図
120°E
130°E
呉
南京
板付
佐世保
大村
伊丹
長
江
上海
30°N
沖縄
台湾
香港
マカオ
20°N
フィリピン
マニラ
10°N
パラオ諸島
120°E
130°E

# 上海・呉淞周辺図

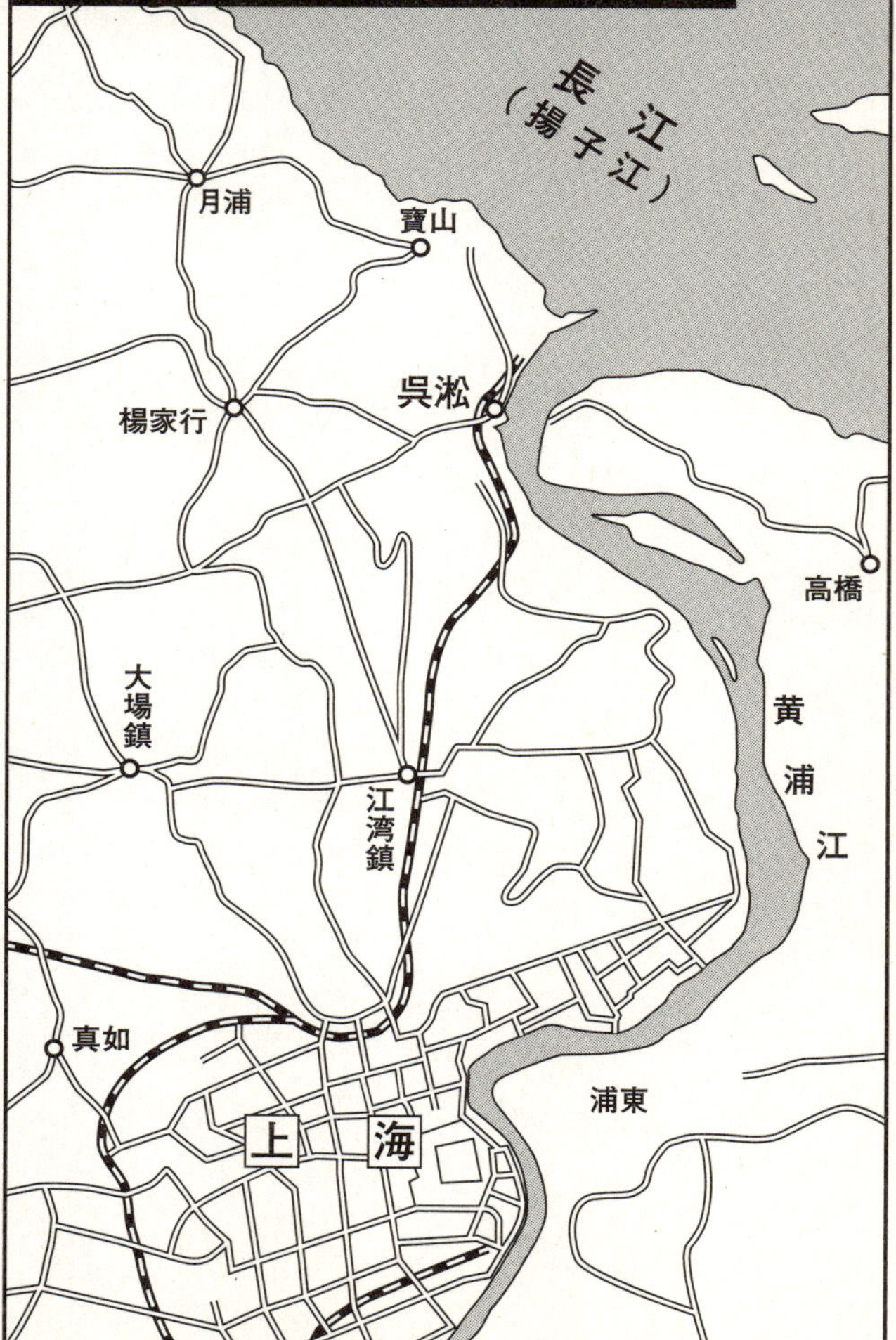

覇者の戦塵1945　硫黄島航空戦線

# 序章　昭和二〇年一月

かすかな殺気を感じて、常念寺《じょうねんじ》二飛曹はふり返った。

そこに誰もいないことは、最初からわかっていた。それでも確かめずには、いられなかった。滑稽《こっけい》な姿だと、自分でも思った。しかし、無視はできない。そして予想どおり殺気は消えていた。すべてを呑みこむかのような深い闇が、視野の端まで広がっている。

正体不明の何ものかは、闇の奥に退いたらしい。周囲は爆音で満たされている。十数機もの戦闘機群が、試運転を開始していた。殺気どころか、普通の話し声も聞きとれない。耳元で怒鳴っても、意図が伝わらないのだ。

これでは背後に何かがひそんでいても、気づかないだろう。その事実に常念寺二飛曹は、ぞっとするものを感じた。温暖な気候なの

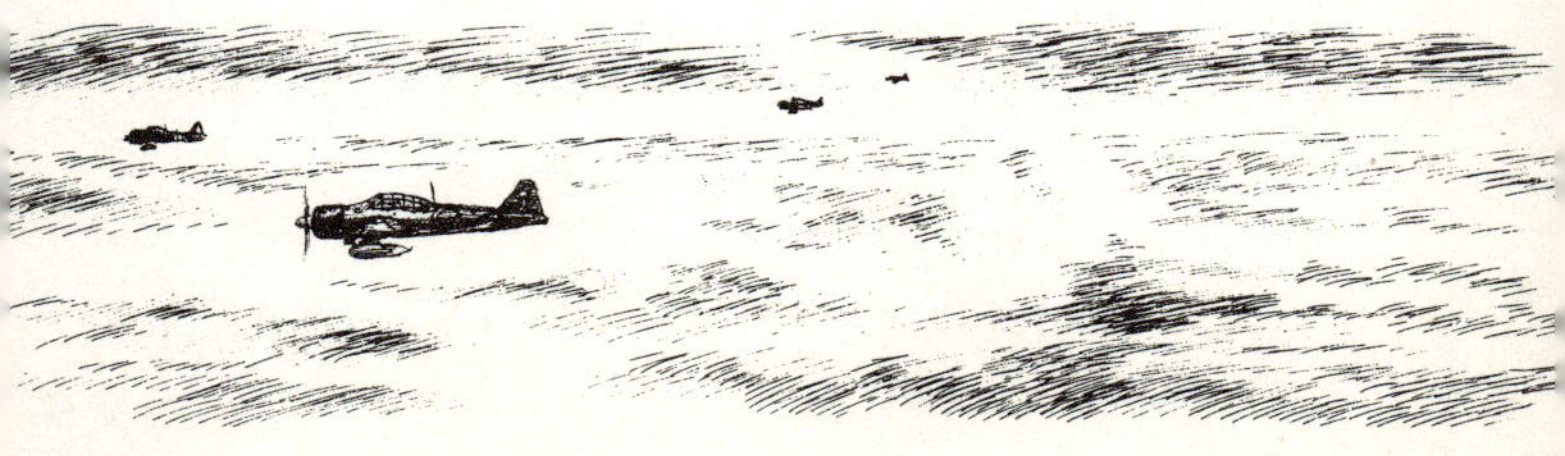

に、肌寒さで体の芯が冷え冷えとしている。それでようやく、気がついた。殺気の主は、死神ではないのか。

暗い夜だった。先ほどまでは断雲の狭間から、星空が垣間みえた。全天を圧するほどではないが、闇にひそむ異形のものたちから居場所を奪うほどの光量があった。それがいつの間にか雲が流れて、星々を隠している。

そのことに常念寺二飛曹は、漠然とした不安を感じた。予想外の損害をだして、作戦は失敗に終わるのではないか。最悪の場合は攻撃目標を発見できず、機位を失して全機が未帰還ということもありうる。

同様の事態は以前にも経験していた。マリアナ諸島をめぐる航空戦だった。敵と味方の戦闘機群が入り乱れた大規模な航空戦が発生した。そのとき乱戦から抜けだした敵戦闘機が、常念寺機の後方にもぐり込んだのだ。

一瞬の隙をついた果敢な攻撃だった。その結果、常念寺機は動きを封じられた。無闇に悪あがきをしても、窮地から抜けだせるとは

思えない。それがわかっていたから、成りゆきにまかせるしかなかった。ただ、その後の記憶は曖昧だった。

多数の弾痕が愛機に残っていたものの、常念寺二飛曹は生還した。ということは、からくも死地を脱したことになる。ただし運には見放された。敵と戦って負け知らずなのではない。あれから何度も出撃しているのに、実戦には参入できなかったのだ。

覚悟して出撃したのに敵機と遭遇しなかったり、機体の不具合で部隊主力から脱落して引き返すという事態があいついだ。それと前後して、勘が異様に鋭くなったような気がする。わずかな兆候から、強大な敵の存在を「感じ」とってしまうのだ。

今回もそうだった。殺気ばかりではなかった。途方もない危険の存在は、作戦の概要を知らされたときから感じていた。硫黄島《いおうとう》に進出してからは、尋常ではない「兆候」があらわれていた。だが、それを口にすることはできない。

海軍第三〇二航空隊から分派された攻撃隊は、夜間飛行が可能な搭乗員を中核に編成された。主力は落下増槽のみを装備した零式艦

上戦闘機だった。中堅搭乗員の常念寺二飛曹も、当初から搭乗割に組みこまれていた。

発端は現地諜者からの情報だった。日本軍が組織的な戦闘を終了したあとも現地に残留して遊撃戦を展開する一方、後方兵站《へいたん》に関する重要情報を送ってくる。潜水艦や偵察機さらには通信傍受など情報源は増大したが、探るべき真実はひとつだけだ。

断片的な情報をもとに、マリアナ諸島に対する襲撃計画が練られた。米軍の占領下にある二島――グアムおよびテニアンでは、大規模な作戦計画の動きがあるという。複数の情報源が、そのことを裏づけていた。ところが作戦開始の日付がわからない。

それでも狙われているのは、本土の重要施設――おそらく航空機工場ということがわかった。これまでの経緯からして、爆撃する時間帯は昼間であるはずだ。それならマリアナ諸島の出撃時を狙って襲撃すれば、撃ちもらすことはない。

出撃を間近にひかえたB29は、燃料や弾薬を満載している。一発の機銃弾が命中するだけで、炎上するほど脆弱《ぜいじゃく》な状態だった。そ

んな状態で、慣れない夜間の離陸を強行するとは思えない。新型機に特有の初期不良も多いから、発進は明るくなってからと思われる。

不確定な要素は多いものの、零式艦戦の掃射だけで米軍基地全体が炎上するのではないか。作戦の決行日は最後まで不明だったが、それは大きな問題ではない。空振りなら、やり直せばいいのだ。条件がととのうまで、何日でも硫黄島に腰をすえるべきだった。

勢いこんで、零式艦戦隊は厚木を発進した。一日めの夕暮れまでには、予定どおり全機が硫黄島に到着した——かにみえた。ところが着陸する段階で、若《ジャク》年搭乗員の機体が不安定に揺れた。蓄積した疲労が限界に達していたらしい。

あっと思ったときには、機体は横転していた。そこに常念寺二飛曹機と、後続の菅谷《すがたに》飛長機があいついで突っかけた。さいわい重傷は負わなかったが、あわせて三機がお釈迦《しゃか》になった。

常念寺二飛曹としては、無念この上ない状況だった。今度こそはと意気込んだのに、またもや戦列から脱落することになった。しかも今回は、攻撃隊全体が窮地に追いこまれそうな予感がする。それ

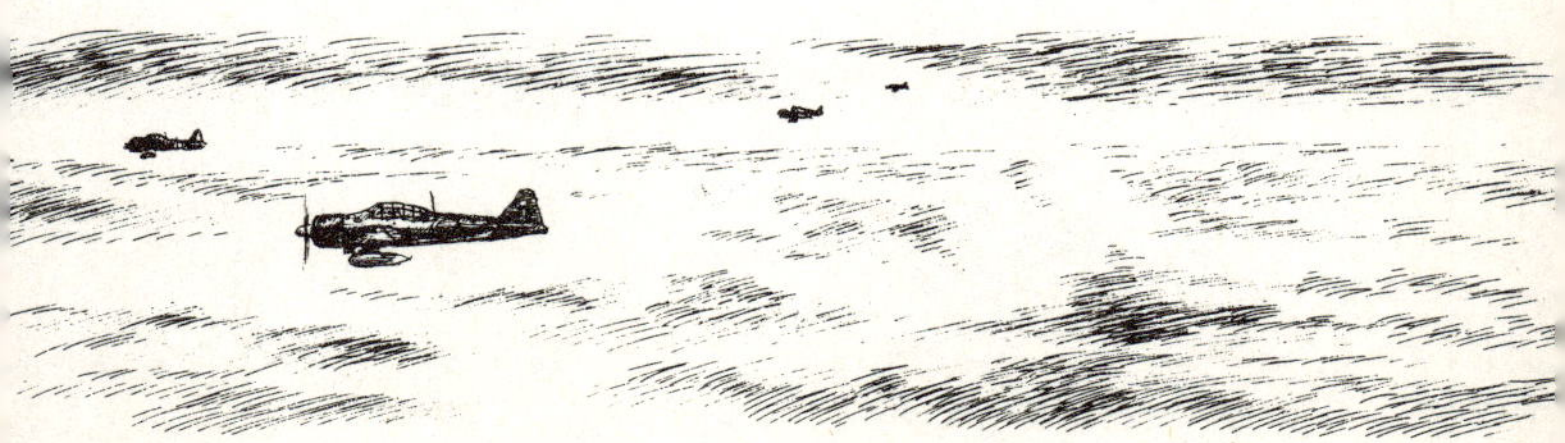

なのに、何もできなかった。

　できることなら代替機を調達して、攻撃に加わりたかった。だが硫黄島には、余分な機体など一機も残っていない。使用可能な機体は空襲を避けて、隊ごと父島《ちちじま》に移駐していた。三人の搭乗員だけが宙に浮いた格好になったが、攻撃の終了まで待つしかない。

　ところが攻撃隊の不運は、それで終わらなかった。一七機だけになった攻撃隊は夜半すぎに出撃を試みたが、離陸の間際になって先行した気象偵察機から情報電が着信した。現地は密雲が低くたれ込めて視界が不良、攻撃を強行しても戦果は期待できないという。

　待つしかなかった。ところが予想に反して天候は回復せず、中途半端な状態のまま硫黄島に長居をしいられた。これは危険きわまりない状況だった。予定では日没から夜半すぎまでの数時間程度を、硫黄島中央台地の飛行場周辺で待機するだけでよかった。

　ところが足留め状態が長引くにつれて、次第に危険の存在が無視できなくなってきた。たとえ対空偽装を施していても、待機中の攻撃隊が発見される可能性は高い。マリアナ諸島からは、連日のよう

に偵察機が飛来している。

機銃だけの零式艦戦でも、離陸時のB29にはかなりの脅威となる。少なくとも出撃時刻の変更程度は、対策を立てるだろう。積極的な指揮官なら、先手を打って硫黄島を空襲するかもしれない。大部隊で銃爆撃すれば、零式艦戦の地上撃破も可能だった。

身動きがとれないまま、時間が無意味にすぎていった。そして攻撃隊に、あらたな問題が浮上した。出撃が延期と決まった時点でエンジンを点検したところ、二機に深刻な不具合がみつかったのだ。整備態勢が不充分なまま、旧型機で無理な長距離飛行をしたせいだ。

特殊な工具か交換部品が必要だが、同行した整備班は最低限の工具しか持ちこまなかった。必要なものだけを輸送機に積みこんで、硫黄島で本隊と合流したのだ。部品の予備など、最初からなかった。父島の海兵隊に事情を話して、融通してもらうしかない。

海兵隊の主力機は零式艦上戦闘機を改造した一式戦闘爆撃機だから、主要な部品には互換性がある。このとき待機は、かなり長引きそうな見通しだった。整備員用の輸送機はただちに離陸し、父島を

経由して厚木にむかうことになった。

もし父島で部品が入手できても、硫黄島に引き返すとは限らない。米軍戦闘機が出没する海域だから、危険と判断したら無理はしないよう指示されていた。当地の守備隊に部品を託して、内地に引き返すことになるはずだ。

ところが輸送機からは、その後なんの連絡もなかった。搭乗員は単独飛行も可能な中堅どころだから、航法を誤って遭難したとは思えない。逆探知を回避するために無線連絡を断っているとしても、もうすぐ燃料がつきる時刻だった。

結局、消息がわからないまま日が暮れた。あいかわらず連絡はなく、情報も入ってこない。常念寺二飛曹にとっては、居心地の悪い時間帯だった。移動中に機を失った搭乗員のうち、三人が硫黄島を去っていた。

ところが常念寺二飛曹と菅谷飛長だけは、島に残留した。故障機の修理終了を見込んだらしいが、島流しにされたかのようで落ちつかない。稼働機の減少は常念寺二飛曹の責任ではないのだが、これ

までの経緯から不運を呼びこんだような気がするのだ。

陰惨な気分から抜けだせないまま、着陸して二日めが暮れた。状況が急転したのは、夜半すぎだった。軍令部からの情報電が、転送されてきたらしい。グアムおよびテニアン両島の米軍航空隊基地に、出撃の動きがあるというのだ。

一五機だけになった攻撃隊も、ただちに出撃の準備を開始した。陰鬱だった搭乗員たちの表情が、別人のように明るくなっている。劣悪な生活環境の中を、先行きが不透明な状態で耐えぬいた。それだけで、低下した士気を回復できた。

無論この島の守備隊員は、誰よりも長期にわたって苦難に耐えた。地の底から際限なく噴出する高圧の硫黄ガスと地熱に耐えながら、敵の来襲にそなえていた。それだけに、零式艦戦隊の出撃をわがことのように喜んでいた。

時間がすぎるにしたがって、少しずつ情報の確度が上がっていった。最初のうちは出撃にそなえて、準備だけはしておく程度だった。それがすぐに、確実さをましていった。定められた運用手順にした

がって、次々に作業がこなされていく。

最初に離陸したのは、艦上偵察機「彩雲改《さいうんかい》」だった。滑走路先端の淡い誘導灯を目印に、三機が間をおいて加速を開始した。攻撃目標の先行偵察や単座機の航法教導、さらに戦果の確認などを担当する。

常念寺二飛曹が異様な感覚に気づいたのは、このときだった、何か途方もなく大きなものが、発進準備を終えた零式艦戦に急接近してくる——そんな印象を受けた。それなのに、警告の声をあげることができない。何をするのも、遅すぎた。

すでに零式艦戦の一番機は、待機位置を離れて滑走路に乗りだそうとしている。声をあげた程度では、意図が伝わるとは思えなかった。離陸を中止させるには、機体の前に身を投げだすしかない。命を捨てる覚悟がなければ、攻撃の中止など思いもよらなかった。

# 第一章　東シナ海

## 1

事態は悪化する一方だった。

あらたな情報が入るたびに、秋津《あきつ》大佐は表情をくもらせた。予想はことごとく外れ、時間がすぎても打開の糸口がつかめなかった。それほど楽観的だったわけではない。ただ駆逐艦「夕《ゆう》風《かぜ》」の艦長にだけ打ちあけた計画の概要は、甘すぎた気がする。

慎重に言葉を選びぬいた上で、秋津大佐は話した。艦長の淡路《あわじ》中佐は、秋津大佐の意図を充分に察したようだ。一字一句も聞きのがすことのないように、じっと耳を傾けている。それを確かめて、大佐は計画の最終段階を告げた。

「状況によっては『隣国の政府要人』あるいは

『大物政治家』を、本人の意志に反して帝都に同行いただくこともありえます。ただしその場合でも、相手側の名誉と尊厳は最大限に尊重するべきです。間違っても『拉致』や『連行』と受けとられてはなりません」

本音だった。たとえ隣国政府の指導者——国民政府（中華民国）主席の蔣介石《しょうかいせき》か、それにつぐ地位にある権力者との交渉に成功しても「強制された」と主張されれば合意は無効になる。世論の支持も得られないだろう。民意をまとめるには、卓越した政治力が必要だ。

だからこそ、応対には神経を使うべきだった。その点を淡路艦長には、くどいほど念を押した。形の上で敬意を払っていても、心の奥底では相手を見下していることがある。しかし相手は思っている以上に敏感で、応対するものの二面性に気づいていることが多い。

そのようなことを熱心に話したのだが、よく考えると話しはじめた時点で秋津大佐も相手を見下していたのかもしれない。そのせいで状況が悪化してからは、なんとなく後ろめたさを感じた。周囲の視線が、突き刺さるかのようだ。

駆逐艦夕風の羅針艦橋には、淡路艦長をはじめ各科の科長級が顔をそろえていた。総員直体制でもないのに、幹部乗員が集合するのは異例だった。秋津大佐の依頼が正しく伝わっていない可能性もあったが、いまさら蒸し返すのも逆効果だった。

このところ陸軍参謀本部で勤務することが多いせいか、知らぬ間に人の心の奥底にひそむ闇の部分に対して敏感になってしまったようだ。そのせいか艦隊勤務の少壮士官にまで、権謀術数の気配を感じてしまう。だが当の若い将校に、屈託はなかった。

先任将校以下の全幹部が、吹きさらしの羅針艦橋で威儀をただして直立している。周辺の海域は戦地ではないが、それに准ずる警戒海域に指定されていた。単艦で航行するのは危険とされている。米海軍のものらしい潜水艦の捕捉情報も珍しくない。

そんなところで「威儀をただ」しても、あまり意味がなかった。それどころか、要人が来艦する可能性もなくなったのではないか。それなのに全員が、皺ひとつない軍衣を隙なく着こなしている。たぶん上衣を湯呑椀で摩擦するなどの方法で、折目をつけたのだろう。

そこまでして「隣国の政府要人」に、敬意をあらわそうとしている。ところが状況の悪化が、乗員たちの気づかいを無意味なものにしつつあった。事前に把握した情報によれば「隣国の大物政治家」は、重大な使命をおびてアメリカ経由で渡欧するという。

隣国――中華民国は、これまで対日参戦に消極的だった。英米の度重なる要請にも応じず、頑なに中立を通してきた。現在までのところ真意は不明だが、公然と主張しているように中国共産党との戦いを優先するためとは思えなかった。

アジアの覇権をどの国が掌握するのか、大勢を見極めようとしていたのではないか。要するに日和見を決めこんでいただけだ。ところがマリアナ諸島の失陥によって、大戦の趨勢は決した。日本本土に対する直接的な戦略爆撃が、可能になったのだ。

諸島の主要な三島のうち、彩帆島《サイパン》ではまだ日本軍による組織的な戦闘がつづいている。だがそれも、間もなく終結するはずだ。それなら手をこまねいて、傍観しているべきではない。実績を残さなければ、建国の英雄でさえ人心の掌握が困難になる。

多少は出遅れた印象があるものの、まだ遅くはなかった。日本本土に対する戦略爆撃が本格化する前に、対日参戦に踏みきることを決めたらしい。いまの時点で中国が参戦しても、影響はなさそうだ。公平な眼でみて現在の中国は、戦力的にもみるべきものはない。

ただ他国の軍隊が自国領土内に進出したり、補給路として利用することを公然と承認できる。さらに他国軍隊の補給物資輸送や防御程度なら、労力の提供も可能になる。これは大きい。英領インドやビルマの連合軍が、最小限の戦闘で中国沿岸部に進出できるのだ。

つまりフィリピンや沖縄を通過せずに、日本本土への道が開けることになる。無論、海岸線に近づくにつれて日本軍の抵抗は激しくなる。国民政府軍が対日参戦の動きをみせると同時に、日本軍は中国の支配下にある沿岸部に進駐するだろう。

当然のことながら連合軍も沿岸部を制圧することになるが、日本軍と違って長大な海岸線をすべて支配下におく必要はない。少し退いた内陸部の拠点に航空基地を建設すれば、日本本土ばかりではなく南方資源地帯との交通路も破壊できる。

国民政府にとっては、漁夫の利をえたようなものだ。おそらく蔣介石は、この時を待っていたと思われる。自国を安売りせず、しかも内戦の劣勢を一気に覆す千載一遇の好機だった。何もしなければ、いずれ国民党軍は中国共産党および労農紅軍との戦いに敗れる。

日本としては、看過できない事態だった。しかも時間的な余裕はない。早ければ今日の午前中にも、蔣介石らしき人物が上海《シャンハイ》を離れる予定だという。北米大陸の東海岸でルーズベルト大統領一行と合流したあと、大西洋を横断して欧州の某所に移動するらしい。

欧州に渡ってからの詳細な行動予定は不明だが、連合軍の首脳陣と会談を重ねるのは間違いない。陸軍参謀本部で戦略情報を統括する第二部第六課によれば、今後の対日戦略や戦後世界の枠組を決める重要な会議になる可能性があるという。

ということは出席者の顔ぶれは、米国のルーズベルト大統領や英国のチャーチル首相のみにとどまらない。国民政府の対日参戦には否定的なスターリンも、ソ連邦を代表するものとして参加するはずだ。

そんなところに国民政府の代表者を、行かせてはならない。

そのことを、秋津大佐は強く思った。もしも蔣介石が——あるいは国民政府を代表する別の誰かが会議に出席すれば、国民政府の対日参戦が既成事実と化してしまう。かといって武力によって中国政府要人を拘束するのは、下策以外の何ものでもない。

そんなことをすれば眠っていた民族主義を覚醒させ、中国全土を反日闘争に駆りたてるだけだ。それにもし蔣介石が拘束されても、国民政府は別の代表者を送りこむはずだ。ただし、蔣介石の代わりがつとまる者はいないだろう。

軍閥あがりの無教養な野人や留学経験だけは豊富な世間知らずの学者では、老獪《ろうかい》な欧米の政治家と渡りあえない。手玉にとられたあげく、不利な条件を呑まされるのではないか。蔣介石の思惑とは違って、日本との戦いに尖兵として投入される可能性があった。

それよりは現実を正しく認識させた上で、連合国首脳との会談を断念させるべきだった。自信はあった。激戦がつづくマリアナ諸島と周辺海域の戦況を、概観するだけで足りる。最新兵器を投入しても、日本との戦闘は楽ではないと知らせるだけでいいのだ。

その上で次の戦闘を、できるかぎり客観的な立場でみせればよかった。蔣介石に真実を見通す眼があれば、対日参戦の危険さには容易に気づくはずだ。強大な陸軍国であるソ連と同盟関係を結べば、形だけの友好で終わる可能性が高い。

現在は盟邦であるソ連とも、国境を接しているかぎり紛争が多発する。領土問題に発展しそうな火種もあった。それよりは日本との関係を改善する方が重要なことを、認識させるべきだった。無論これは日本にとっても、危うい賭けといえる。

思惑どおり日本軍が有利な状況で、戦線を維持できるとも限らない。そのことは承知していたが、一方で秋津大佐には確信があった。真実を知らせれば、蔣介石はかならず理解する。そのことを信じて、日本政府の諸機関と調整をすませていった。

これは国民政府の代表団と会う前に、必要な手順だった。万一の場合にそなえて、手土産を用意しなければならない。彼らも必死なのだ。一行の全員が、命を賭けている。日本との交渉に国民が不満を感じたら、その時点で彼らは死刑を宣告されたも同然だった。

秋津大佐の周辺では、すでに不穏な動きが起きていた。問答無用で軍刀を抜かれたことも、一度や二度ではなかった。蔣介石は駆け引きとしてではなく、国民を納得させるために交換条件を要求してくるはずだ。

秋津大佐の心づもりでは、満州国の全利権放棄と邦人の総引きあげ程度は覚悟しておくべきだった。もしも大佐の工作が不調に終われば、満州国どころか日本全土が連合軍に蹂躙《じゅうりん》されかねない。日本に対し戦勝国として、賠償金を要求する可能性もあるのではないか。

それを思えば、満州国の利権放棄くらいは安いものだ。とはいえ、大佐の独断で交渉は開始できない。要求を探るだけだとしても、現実の問題点を洗いだしておく必要があった。時間的な余裕はなかったが、内閣官房や外務省の実務官僚を呼びだして話をきいた。

いずれも大佐の個人的な情報提供者で、口のかたい旧知の文民だった。だが、さすがに電話で話すのは危険だった。機密保持には細心の注意を払うべきだ。かといって会談の開始時期を、あまり先延ばしにすると機会を逃しかねない。

上海駐在の有藤《ありとう》海軍武官補が指定してきた時刻は、昨日の正午すぎだった。実際に会談がおこなわれるのは、正午から夕刻までの三〇分程度とされている。ということは国民政府の方でも、時間調整を終えていないことになる。

――それなら、こちらから指定してやればいい。

そう判断して、会談の開始時期を四八時間おくらせるよう申し入れた。有藤武官補の反応を待つ時間的な余裕はないものの、四八時間程度なら融通はきくはずだ。かりに蔣介石自身が決めたことなら、予定を変更するのは困難だと考えられる。

しかし実際には随行員や秘書などの都合が、優先されているのだと秋津大佐はみていた。それなら先手を打って、こちらの要求を伝えるべきだった。もっとも本音をいえば四八時間でさえ、寝台列車や長崎―上海航路を利用するには不充分だった。

上海までの交通手段は、海軍第三〇二航空隊に頼るしかなかった。艦上偵察機か艦上攻撃機を、搭乗員つきで借りてくるのだ。一度は断った海軍からの申し入れを、恥を忍んで頼みこむ以外に選択の余地はなさそうだ。

ただし急なことだから、機体と搭乗員に余裕がない可能性もあった。小園《こぞの》大佐でも無理は通せないが、その場合は航続距離が短い陸軍機で東シナ海を飛びこえるしかなかった。気にはなるものの、自分で交渉する余裕などない。時間は決定的に不足していた。

強引に四八時間の猶予を生じさせたとはいえ、やるべきことはあまりにも多すぎた。さしあたり国民政府の対日参戦を阻止する方策について、日本政府および軍の統一見解を出しておく必要がある。上海への移動手段は、誰か他のものに手配させるしかなかった。

そう思った。あとから事実関係を突きあわせると、これが最初の躓《つまず》きだった。この後に入ってきた情報は、予想を裏切るものばかりだった。事態は急速に悪化しつつあった。

そして好転の兆候も、つかめずにいた。

## 2

最初に眼にしたのは、まばゆく輝く光源だった。

宙に浮かんだ状態で、静止しているようにみえた。だがそれは、単なる錯覚だった。わずかずつだが、間違いなく横移動していた。さらに眼をこらせば、下方にも少しずつ沈みこんでいるようだ。

吊光弾《ちょうこうだん》を投下したのかと、常念寺二飛曹は思った。落下傘つきだから、風に流されて横移動する距離の方が大きいのだろう。見守るうちに、二番めの光源があらわれた。最初の吊光弾よりも、かなり遠かった。

おそらく投下した母機は、海上に抜けだしたと思われる。予想される進路を眼で追って、闇の奥を注視した。それらしい機影は、断雲ごしに垣間みえた。常念寺二飛曹は愁眉を開いた。B29の偵察機型と思われる。

昼夜を問わずに飛来するが、写真を撮るだけで悪さはしない。爆弾を落とすことはあるものの、行きがけの駄賃に捨てていく程度らしい。硫黄島の守備隊が爆弾にどう反応するか、防空態勢の充実ぶりを査察しているようなものだ。

機影はすぐに去った。それでもエンジン音らしきものは、切れ切れに伝わってくる。しかし地上には、ほとんど届かなかった。そのはずで出撃を前にした零式艦戦の先頭集団は、滑走路に乗り入れて加速を開始しようとしていた。

他の機も待機位置に停止したまま、最後の点検をおこなっている。はるか上空を航過する偵察機のエンジン音が、この状態で地上に届くわけもなかった。偵察機の爆弾投棄だけが気がかりだが、これは無視するしかない。

そう考えて、帽子に手をかけた。せめて笑顔で見送りたかった。声を耳にしたのは、そのときだった。戸惑った様子で「あれは……」とか「まさか」などといっている。一人ではなかった。複数の囁き声が、重なりあって聞こえてくる。

無視することは、できなかった。周囲の視線を追って、おなじ方向に眼をむけた。先ほどの吊光弾は、ほとんど位置をかえていなかった。あまり時間はすぎていないのか、空の一点にはりついているかのようだ。

眩い光が作る輪の中を、黒々とした塊が通過しつつあった。光の中心部から少しでも遠ざかろうとするかのように、かなりの速度で急降下していく。ひとつでは、なかった。光の届く範囲だけでも、二個の塊が落下していくのが確認できた。

黒い塊とみえたのは、夜間戦闘機らしい。空母搭載機――グラマンＦ６Ｆヘルキャットの夜戦型改造機か、陸軍の専用機――ノースロップＰ61ブラックウィドウのどちらかだと考えられる。

誰かが「空襲……なのか?」とつぶやいた。返答はなかった。たずねた当人も、返事を期待している様子はなさそうだ。その必要もなかった。多くの対空陣地では要員が配置について、迎撃態勢に移行しつつあった。

多数の機銃弾が、敵機を追って闇を切り裂いていく。不意をつかれたにしては、効果的な反撃だった。照準も正確だったが、米軍の動きには乱れがあった。ことに吊光弾の投下時機は、調整が不充分だったらしい。

正面から光をあびた一機が、闇の奥に逃げこもうとして迷走している。しかし間にあわなかった。唐突に体勢を崩したと思った直後には、もう火を噴いていた。対空陣地からの銃撃を急降下によって回避し、引き起こして離脱しようとしたらしい。

ところが操縦が強引すぎて、構造的に支えきれなくなった。しかも迷走していた機体は、すでに被弾していたようだ。限界をこえて降下加速したらしく、一度は作動していた自動消火装置が停止したのだろう。閃光とともに爆発して、大量の破片を滑走路上にばらまいた。

だが最初にみつけた二機は、明らかに古参の搭乗員が乗りこんでいた。高度を落とすにつれて加速する機体から、たくみに揚力を引きだして機首を持ちあげていた。不安定な姿勢にもかかわらず、わずかな乱れもないまま編隊を組んで突っこんでくる。

そのときには、銃撃を開始した対空陣地の数もふえていた。いくつもの火箭《かせん》が交錯して、地表近くを飛びかっている。そのせいで、身動きがとれなかった。すでに二機は、編隊を組みかえたらしい。機首を引き起こして、水平飛行に移行していた。

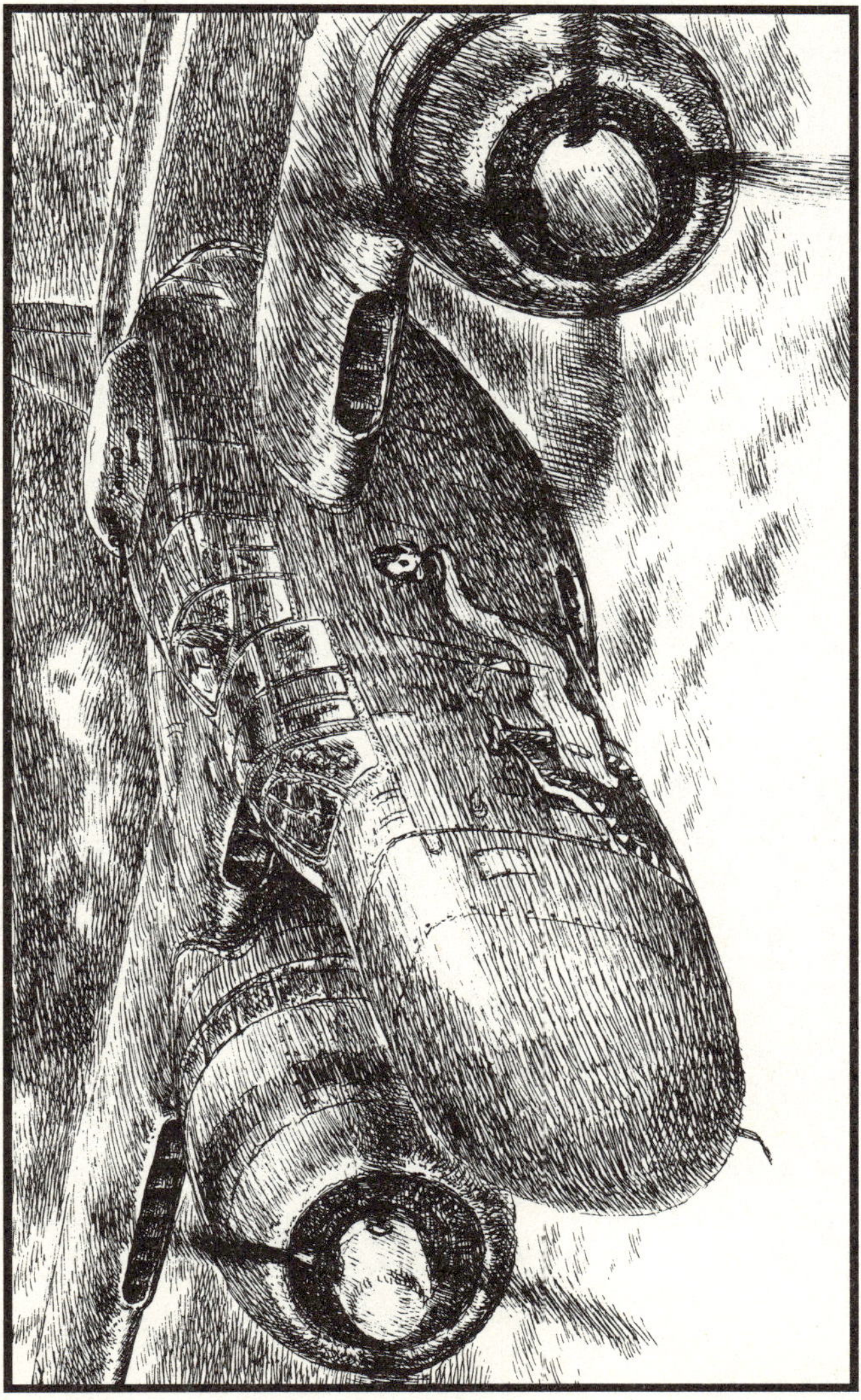

P61　ブラックウィドウ

次の瞬間、青白く淡い光が交錯する火箭に加わった。日本軍陣地から発射される対空機銃とも、零式艦戦の搭載機銃とも違う鋭利な火箭だった。するどい風切り音をともなって、常念寺二飛曹に急接近してくる。

機銃掃射されたのだと気づいた時には、体が横に飛ばされていた。誰かに押し倒されたらしい。ひとかたまりになって、石くれのように地面を転がった。しきりに「伏せて」とくり返している。菅谷飛長らしかった。

狙われているのかと思ったが、そうではなさそうだ。敵機は機外の要員など、相手にしていなかった。零式艦戦に照準をあわせて、焼き払おうとしている。地表近くの低い高度から連射される多連装機銃弾は、滑走路に抜けだした零式艦戦を正確に指向していた。

かなりの距離があるのに、弾道は拡散していなかった。すると敵機は四連装の二〇ミリ機関砲を、胴体中央部に集中配置したブラックウィドウ——黒衣の未亡人だろう。機首方向を指向して固定搭載されている二〇ミリ機関砲の他に、旋回銃塔も背負っている。

たてつづけに、着弾の破壊音が鳴り響いた。いくらか遅れて、音質の異なる爆発が起きた。爆風とともに、肺の奥まで焼きつくすかのような熱気が押しよせてきた。伏せていた顔をあげると、熱風がまともに吹きつけてきた。

それでも耐えて、眼を見開いた。そして自分の眼を疑った。零式艦戦が炎上していた。燃料に引火したらしく、大量の黒煙を噴出している。先頭を切って滑走路に乗り入れた一番機に、攻撃が集中したようだ。

だが被弾炎上したのは、その一機だけではなかった。少なくとも半数の艦戦に、多量の機関砲弾が命中したようだ。早くも誘爆しはじめた機銃弾が、断続的に炸裂音を響かせている。機体はあきらめる以外になさそうだが、搭乗員だけは何とかして救出したかった。

そう考えて、熱気の中に身を乗りだした。駄目だった。炎につつまれた一番機の操縦席に、人かげらしきものがみえた。たとえ生きていたとしても、助けだすのは無理だろう。熱気が激しい上に搭載された機銃弾の誘爆が連続して、近づくことさえ難しそうだ。

それよりも後続の艦戦を、安全な場所に移動させるのが先だった。現状では確かなことはいえないが、被弾しても燃料タンクが無傷なら修理は困難ではない。破孔をふさいで整形し、炸裂による被害個所は個別に対応してやればいいのだ。

場合によっては故障した機器を外して、代替機器だけを搭載して出撃することも考えられる。炎上した機体から使える機器をおろして、損傷の程度が軽かった被弾機に乗せればいいのだ。そうすれば、一〇機程度の攻撃隊は編成できる。

それが結論だった。さしあたり応急作業班を編成して、炎上している機体を消火しなければならない。勢いこんで、間近にいる菅谷飛長に声をかけようとした。ところが飛長は肩を落として、立ちつくしている。飛長の視線を追うまでもなく、事情は理解できた。

二機編隊の、ブラックウィドウだった。吊光弾の光が届かない闇の奥に、逃れようとしている。だが、これで終わりとは思えない。おそらく反転して、引き返してくるだろう。敵機のねらいは発進間際の零式艦戦だから、他の可能性は考えられなかった。

それを知った常念寺二飛曹も、肩を落とした。しかし、いまからでは遅すぎた。炎上した零式艦戦が邪魔をして、後続する機体は動きがとれそうにない。米軍の夜戦隊は、もっとも効率のいい戦い方をした。

一番機と最後尾の機体に銃砲撃を集中させて、逃げ道を封じたのだ。あとは混乱に乗じて、無傷の機体を始末するだけだ。身動きがとれないまま機内に閉じこめられた搭乗員ごと、跡形もなく。

遠くで聞こえていたエンジン音が、急に高くなった。日本軍機のものではなかった。上空を飛行しているのは、米軍機だけのはずだ。それでも何が起きているのか把握できた。アメリカ陸軍航空隊の双発機が二機あるいはそれ以上、反転して急速に接近しつつある。

米軍は周到だった。日本軍機によるマリアナ諸島襲撃を、早い段階で把握していたと思われる。というよりテニアンとグアムの両島が米軍に制圧されたあと、大型飛行場が整備されてB29の大量配備が開始された時点で襲撃計画の存在を疑うのは当然だった。

米軍の情報機関はあらゆる手段を使って、具体的な作戦計画の確認を急いだものと思われる。ことに作戦決行日が重要だった。「その日」にはマリアナ諸島に分散駐留するB29の稼働全機が、日本本土に殺到するからだ。

もし日本軍がこのことを察知すれば、全力をあげて阻止しようとするはずだ。大型爆撃機による日本本土の空襲が日常化すれば、軍民を問わず士気は大きく低下する。そのような事態を阻止するためにも、日本軍機によるグアムやテニアンの空襲は実行されるはずだ。

ただし計画自体は、単純なものだった。海軍の三〇二空から夜間飛行が可能な搭乗員を選抜し、これを中核として第一次攻撃隊を編成する。さらに小笠原諸島の父島に駐留する海兵隊の一式戦闘爆撃機は、全機を投入して零式艦戦隊を支援することとした。

計画立案者は海兵隊の航空部隊に対し、偏見を持っていた可能性があった。さもなければ明確な根拠もなく、一式戦爆隊を予備戦力あるいは支援部隊あつかいするわけがない。結果的に戦力集中の原則は無視され、零式艦戦だけがB29を襲撃することになった。

その隙を、米軍航空隊はついてきた。マリアナ諸島を基地とする夜間戦闘機隊を、小回りのきく小部隊に再編成した上で零式艦戦隊を襲撃させたのだ。おそらくマリアナ諸島にいたる航路上にも、ブラックウィドウの別働隊が待機しているはずだ。

完敗だと、常念寺二飛曹は思った。米軍は日本軍の作戦計画を探知した上で、隅々まで調べあげた。そして、それをこえる手を打ってきた。いまさら普通の手を使ったところで、劣勢はくつがえせない。

菅谷飛長も、思いは同じらしい。後ろ姿から、絶望が伝わってくる。一時にくらべると多少ましになったとはいえ、くり返して押しよせてくる熱波は尋常ではなかった。漏れだした燃料の引火と弾薬の誘爆で、灼けた鉄塊に押しつけられているかのようだ。

すでに感覚をなくしているのか、菅谷飛長は突っ立ったまま動く気配がなかった。つい先ほど上級者の常念寺二飛曹に、伏せるよう指図していた沈着さは欠片もない。とはいえ、このままでは確実に焼け死ぬ。

たとえ熱気で死ななくても、ブラックウィドウの銃撃で引き裂かれる。そう思った。動きに気づいたのは、その直後だった。搭乗員の一人が全開にした風防から身を乗りだすようにして、何ごとか叫んでいる。

無論、声が届くわけもない。零式艦戦の多くはエンジンを回転させたままだし、双発のブラックウィドウは急接近してくる。手信号だけが頼りだった。

「何を……いっているのだ」

常念寺二飛曹がいった。誰かにたずねたわけではない。疑問を口にしただけだ。その搭乗員自身も、戦える状態ではなかった。負傷しているのか、額から血が流れていた。機体にも被弾しているらしく、エンジンは停止している。

炎上はまぬがれたものの、いつ火がつくかわからない状態だった。救出を急ぐべきだが、いまはまだ危険だった。反転した二機のブラックウィドウが、急接近する気配が伝わってくる。他にも中高度あたりに、別の夜間戦闘機が行動している可能性があった。

仁王立ちになった搭乗員は、なおも信号を送りつづけている。しかし、それが限界だった。崩れ落ちるようにして、機内に倒れこんだ。その直後に、銃撃が発生した。二種類の火箭が飛びかって、不安定に揺れ動いた。地上と空中から、同時に銃撃を開始したらしい。

　空中から発射された二〇ミリ機関砲弾は、最初の数弾をのぞいて弾道が浮いていた。明らかに射手の腰が引けている。予想外の位置と高度から反撃されたものだから、どう反応していいのかわからないのだ。数連射で掃射を中止して、闇の奥に飛び去った。

　地上からの銃撃も、おなじ口径——二〇ミリだった。立ちあがって指図していた搭乗員の列機が、試射もそこそこに撃ちはじめたらしい。最初は機首の小口径機銃だけだったが、つづいて翼内機銃も撃ちはじめた。当然のことながら、命中など最初から期待していない。

　尾輪を地表につけている状態だから、仰角のついた機銃弾は見当ちがいの方角に飛び去るだけだった。それでも四連装機関砲を連射しながら突っこんでくるブラックウィドウに、虚仮《こけ》おどしよりは多少ましな銃撃ができた。

　すぐにブラックウィドウは、エンジン音も高く飛び去った。三度めの掃射をやる気かどうかは不明だが、確かなことがひとつだけある。かりにブラックウィドウが舞いもどってきても、そこに搭乗員は残っていないはずだ。

　愛機よりも搭乗員を大事にすることは、すでに海軍航空隊の伝統になりつつあったからだ。

## 3

　秋津大佐にとっては時間の感覚さえ曖昧になるほどの、めまぐるしい一日になった。

　駆逐艦「夕風」に乗りこむまでの丸一日以上をかけて、非公式会談の準備にあてた。公然と行動できないはずなのに、かなり大胆な行動もとった。そのせいで身の危険を感じても、間一髪で逃れることができた。

あまりに動きが激しすぎて、暗殺者でさえ秋津大佐に追いつけなかったようだ。海軍航空隊の小園大佐と別れてから、三〇時間以上も東京の中心部を駆けまわったことになる。その間に面談した人物は数十人にも上ったが、誰と会ったのか記憶は曖昧だった。

重要なのはその人物の専門分野と視野、およびそれに起因する見識だった。あとは忘れてもいい。全般的な状況を知るには、その方が効率がよかった。安全でもある。大陸で獲得した権益の放棄を、秋津大佐が画策していることは予想外に広く伝わっていたようだ。

この時期に大佐と会ったことが知れたら、どんな迷惑をかけるかわからない。不要な記憶は、失うに限る。そう考えて一人で奔走していたら、周囲からは危なっかしい状態だと思われたらしい。

みかねた陸軍出身の老政治家が「秘書がわりに」といって新聞記者の同行をすすめた。長いつきあいだから信頼できるし、人件費の心配をする必要もない。見返りというほどではないが、ときおり膝をつきあわせて意見交換するだけで記者は満足する。

優秀な記者なら、それだけで真実を見通せるということらしい。老政治家によれば双方が情報源となって足りない分を補完しあえば、無駄のない効率的な仕事ができる。だから騙されたと思って、使ってみてはどうかと秋津大佐にすすめた。

本当に親切でいっているようだが、秋津大佐は短く謝意を伝えるにとどめた。断られたことに気づいた老政治家は不満そうな顔をしていたが、同席していた新聞記者は納得したようだ。情報の扱い方が変化しつつあることを、知っているのだろう。

それに秋津大佐には、このとき優秀な秘書役が二人いた。旧知の中堅官僚で、最初は対中国政策の一般状況を確認するつもりで呼びだした。ところが二人は、情報源の枠組におさまらない存在だった。

秋津大佐が何をする気なのか、気づいていた節がある。その上で会うべき人物を選定して連絡をとり、時刻と場所を指定して足を運ぶよう要請した。人選は客観的かつ偏りのないもので、持論に執着しない柔軟さが求められた。

意外なことに秋津大佐の存在は、文民の間にも知れわたっていた。「秋津大佐が終戦工作に動きだしたらしい」との噂は、広い範囲に浸透していた。参謀本部で冷遇されながらも実績を積み重ね、負け戦を何度もはね返してきた大佐への期待は大きかった。

秋津大佐の名前を出すだけで、自然と人が集まってきた。面談は最少の人数で秘密裏に実施すると厳命したのに、同席を希望する者が多く収拾がつかなくなったこともあった。趣旨をとり違えているとしか思えないが、厭戦《えんせん》気分は予想以上に広がっているようだ。

だから翌日の正午ごろ厚木基地にもどったときには、落差の大きさに驚かされた。基地には活気がなく、閑散としていた。現在も出撃をくり返しているはずなのに、戦場と直接つながっている印象がない。滑走路周辺には機影どころか、人かげも見当たらなかった。

衛兵に名前をつげると通してくれたが、事情の説明まではしてくれなかった。それでも基地の内部に足を踏みいれたことで、見当はついた。正午をすぎても零式艦戦隊が、帰投していないのだ。マリアナ諸島の空襲は、失敗したとみていい。

たとえ米軍基地の空襲に成功したとしても、大きな被害をあたえられたとは思えない。B29は予定どおり発進して、本土空襲にむかったと思われる。ただし攻撃目標は、関東やその周辺ではなかった。昨夜から今日未明にかけて、関東地方に空襲警報はなかった。

——すると爆撃されたのは、関西か中京地区か。

いずれも大規模な航空機工場があるから、B29の大集団を投入する価値はある。しかも首都東京と周辺の工業地帯に精鋭の迎撃部隊をそろえて、B29の来襲を待ちかまえている迎撃側の隙をつくこともできた。

ただし空襲の主目標が名古屋以西であっても、関東地方が安全とは限らない。ひそかに接近した別働隊が、奇襲攻撃を加えていく可能性はある。基地が閑散としているのは、そのせいではないか。戦闘機隊はいまだ帰らず、技量不足の大型機は避退しているのだろう。

状況は推測できたものの、人がいないのでは身動きがとれない。留守居役の士官くらいはいそうなものだが、みかけるのは下級兵ばかりだった。しかし現状では、海軍航空隊以外に頼れるところはなかった。

　実は陸軍の第一〇飛行師団にも、秋津大佐の支援者がいた。旧型の直協機になるが、この日の午後に連絡便が飛行する予定らしい。大阪の伊丹飛行場で燃料を補給して、その日の内に長崎の大村《おおむら》か福岡の板付《いたづけ》に到着するという。

　吹きさらしの機上で耐えられそうなら、便乗できるよう話しておくがどうか、という話だった。長崎から先は決まっていないが、戦時でも往来の多い路線だから心配するまでもない。いざとなったら大型の漁船を借り切って、上海に乗りこんでもいいのだ。

　ところが先ほど連絡したら、作戦機以外の飛行は差しとめられていた。ことに飛行師団や航空軍の境をこえる長距離飛行は、無条件で禁止されていた。理由は公表されていないが、未明にマリアナ諸島を発進したＢ29が居座っている可能性が高い。

　さもなければ名古屋や大阪周辺の飛行場が、被害を受けて閉鎖されているのかもしれない。これは戦場に飛びこむよりも危険だった。航続距離の短い陸軍の直協機は、大阪あたりで燃料を補給しなければ先へは行けないからだ。

　いずれにしても陸軍機にこだわっていたのでは、東京を離れるのは明日になりそうだ。ということは秋津大佐が一方的に四八時間の延期を通告した刻限――明日の正午にも、間にあわないことになる。足の長い海軍の偵察機なら、九州まで一気に飛べそうだ。

　それに昨日の早朝に別れたとき小園大佐は、困ったことがあれば今日の正午ごろ基地にくるようにいっていた。小園大佐自身が不在の場合は「先任に話を通しておく」らしい。厚木基地ほどの規模なら、先任将校ではなく副長がいるはずだ。

ただし海軍のことはよく知らないから、先任将校がいないとは限らない。本当にいるとしたら、階級は中佐あたりだろう。そう思ったが、あいかわらず基地は閑散としている。着陸態勢をとっている機影もなかった。かといって、屋内まで調べるのは無礼な気がした。

——やはり海軍機ではなく、陸軍機に頼るべきなのか。

時間がかかっても、確実な陸軍機を利用した方がよさそうだ。そう考えて、基地を出ようとした。その前に、気がかりなことを確かめようとした。衛兵に声をかけて、先任将校のことをたずねた。つかぬ事をきくようだが、隊の先任将校は何処におられるのか。

衛兵は戸惑ったように言葉をつまらせた。問いかけの意味が理解できないらしく、視線を左右に走らせている。誰かに助けを求めようとしているが、あいにく周囲には下級兵しかいなかった。やがて覚悟を決めたように衛兵は応じた。ことさら声を高くしていった。

「先任……上飛曹——でしょうか」

ふいに爆音が割りこんだ。それまで建物のかげに隠れていた機影が、着陸態勢をとって接近してくる。衛兵は緊張をといてつづけた。

「あれが、そうです。操縦しているのが、先任の栂澤《つがさわ》上飛曹で——」

——上飛曹……下士官だったのか。

最初に聞いたときは意外だったが、冷静に考えればそれほど不思議なことではない。陸上基地に駐留する航空隊だから、下士官搭乗員はもっとも重要な隊員といえる。その中の最先任者（古参搭乗員）は、部隊における戦力の根源ともいえた。

小園大佐が栂澤上飛曹に後事をまかせたのは、自然な行為といえる。兵科将校や士官搭乗員とはくらべようがないが、実務面にも強い下士官だから小園大佐の信頼も篤いのではないか。

上飛曹の乗機は旧型の彩雲だった。排気タービン過給機を装備した彩雲改と違って、高々度性能を追求した力強さはない。それでも三座を直列配置した長大な機体には、独特の美しさがあった。

予想どおり栂澤上飛曹の彩雲は、米軍の空襲を逃れて空中避退していたようだ。そしてその時間を利用して、酸素供給なしで高々度に達する訓練をおこなっていたらしい。訓練と同時に研究も、少しずつ進展していた。

栂澤上飛曹の見解では充分に訓練された搭乗員なら、生身の体で高度八千メートルの環境に耐えうるという。ただし、まだ方法や手順は確立されていなかった。危険きわまりない話だが、栂澤上飛曹には自信があるようだ。

駐機位置に停止した艦上偵察機の彩雲からは、訓練中の若年兵が頼りない足どりでおりてきた。訓練を受けているのは二人だけだが、いずれも蒼白のひどい顔色をしている。秋津大佐は無意識のうちに尻込みをしていた。

自分も酸素瓶を使わずに、八〇〇〇メートルの高度をこえるのかと思ったのだ。だがそれは、杞憂だった。栂澤上飛曹は恐縮した様子でいった。

「巡航高度より高くは飛びません。中高度を飛行した方が、高速をだせますから。たとえグラマンに追われても、充分に逃げきれます。ただし輸送中の戦闘は想定していないので、武装はすべておろしてあります」

北九州の夜間戦闘機隊が手薄なので、いまから武装彩雲を空路で輸送するらしい。その彩雲に、秋津大佐も便乗するようだ。着陸した彩雲には、風防の中央あたりに整形のあとが残っていた。大口径火砲を搭載したものの、不具合が生じたので外したらしい。

「おろした銃砲は別便で送っておきました。海軍の特別警察隊に問いただされたら『銃砲は輸送中』だと返答しておいてください。

それと……長崎から先は、輸送任務の駆逐艦に便乗できそうです。いまのところ、大佐の貸し切りになるかと思います。ですが海兵隊が一個小隊程度、相席になるかもしれません。ご了承ください。

海兵隊の相席とは直接の関係はありませんが、念のために先にいっておきます。長崎港からの出港が今日の日没後だとすると、上海到着は日没以後になります。できるだけ急ぐよう艦長には話しておきますが、潮の干満もありますので思い通りにはなりません」

立て板に水を流すかのように、栂澤上飛曹は話しつづけた。そして言葉を切ったあと、大きく息をついた。さすがに話すことがなくなったのかと思ったが、そうではなかった。ほんの少し考える様子をみせたあと、栂澤上飛曹は言葉をついだ。

「もう一点だけ。非常に重要なことです。長崎までの空路に、何か特別に視察したい場所はありますか」

「あります。もしも可能なら、川崎航空機の明石《あかし》工場をぜひ――」

秋津大佐は即答した。それが今日の空襲で、攻撃目標とされた軍事施設の名だった。おそらく米軍は空襲のあとも偵察機を進出させて、爆撃の効果を知ろうとするだろう。当然のことながら戦果は、前線部隊から後方に送られて最高司令部に達する。

そして対日参戦を迷っている蔣介石にも、今後を占う重要資料として示されるはずだ。それを思えば、数時間程度の遅刻など何でもなかった。一秒でも早く一分でも長く写真を見ておくべきだ。遅れをとることは、許されなかった。

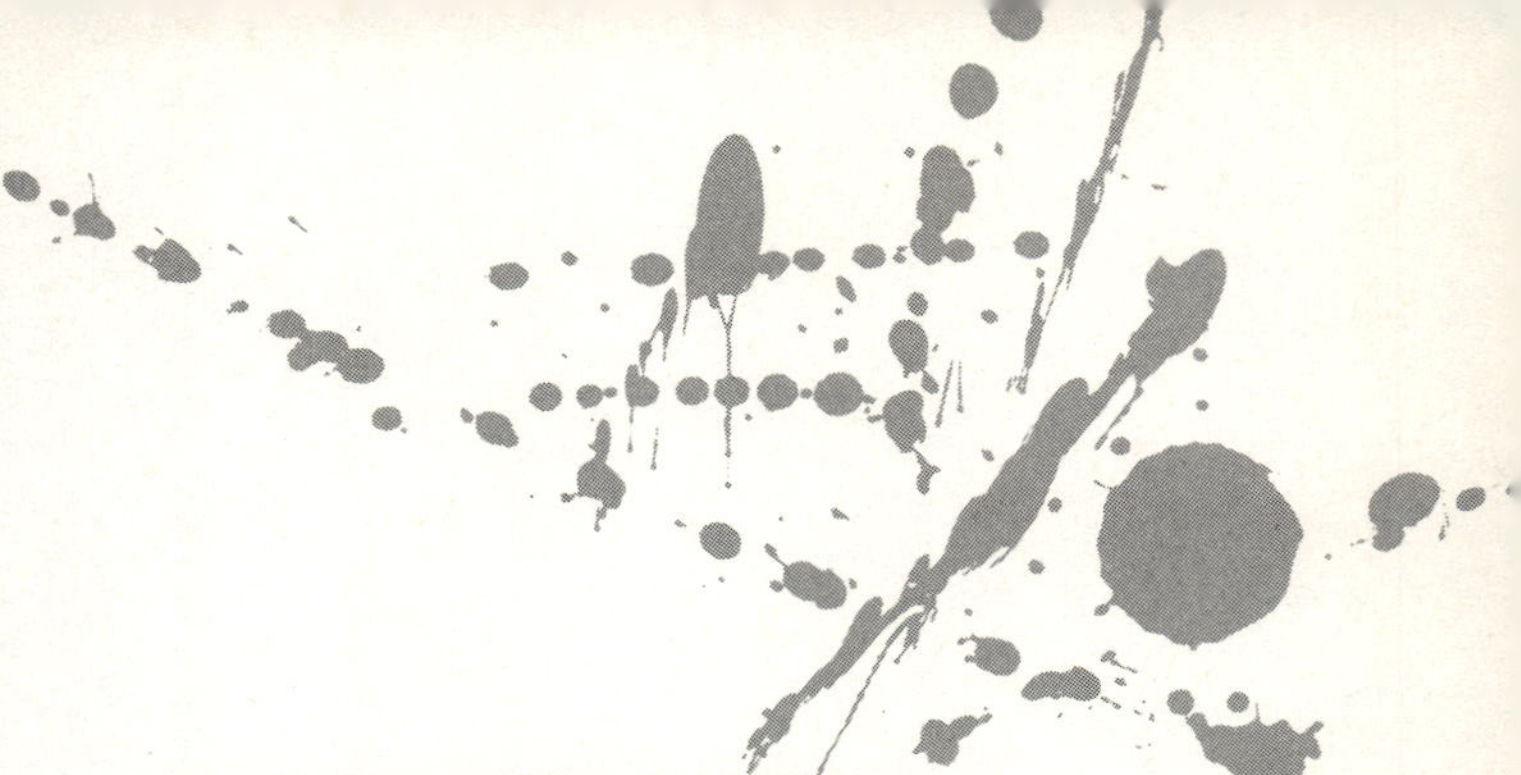

# 第二章　南京から欧州へ

## 1

ここで時間軸は三日前にさかのぼる。

秋津大佐が駆逐艦「夕風」で上海への途上にあったとき、現地では何が起きていたのか。時間がすぎるにつれて、状況が悪化しつつあるのは同じだった。それを取り返そうとする試みは、すべて失敗した。彼らの行動も、矛盾が多かったせいだ。

あとから記憶をたどっても、その印象は変化していない。むしろ強固なものになっていた。彼らは最善をつくした。当時は他に選択の余地などなかったのだ。それが矛盾しているのなら、自分たちの住む世界の方が間違っているのだろう。

上海駐留海兵隊主計長の富和田《とみわだ》少佐は、何度もくり返して記憶をたしかめた。だが結果はおなじだった。どこかで大きな間違いを犯しているような気もするのだが、それが何だかわからない。無理に記憶をたどると、脱力感で押し流されそうになった。

混乱に輪をかけるような情報は、二人が南京《なんきん》に移動する直前に入ってきた。国民政府の高官が、多数の書類行李《こうり》とともに南京を出立したらしい。一人だけではなかった。いくつもの小集団が、分散して行動を開始したという。

それだけなら、さして重要な情報ではなかった。ただし入手ずみの情報を、裏づける程度の価値はあった。書類行李の大部分は、搬送先が北平《ペイピン》（北京）市内の鉄道輸送会社になっていたらしい。

ということはシベリア鉄道で、モスクワに運ばれる可能性が高いことになる。富和田主計長は首をかしげた。容易には信じられない話だった。情報自体の信憑性は別にしても、どことなく作り話めいた不自然さを感じる。

波須田貴一《はすだきいち》の日本名を有する情報ブローカーによれば、蔣介石はシベリア鉄道ではなく太平洋航路の船で訪欧するという。もしも一行がシベリア鉄道を利用すれば、かならず問題が発生する。それを避けるには、太平洋を押し渡る以外にないらしい。

スターリンは国民政府の対日参戦に、表立って反対はしないはずだ。ただ一行のソ連領内通過に協力せず、随行員の査証を取り消すなどの妨害をおこなうかもしれない。それならシベリア鉄道は避けて、上海から太平洋航路の船に乗りこむのではないか。

情報を持ちこんだのは、外見も話し方もドブネズミを連想させる小男だった。政権周辺の裏情報に精通しているというが、主計長の簡単な質問にも答えられない。日本の外務省に相当する国民政府外交部の構成さえ曖昧で、言葉につまると愛想笑いで誤魔化した。

普通なら相手などせずに追い出すところだが、海軍駐在武官補の有藤中佐が、興味を示した。どれほど忙しくても、あるいは怪しい情報でも一応は聞いてみる主義らしい。武官補が先をうながすと、ドブネズミは勢いこんでまくしたてた。

荷箱の行き先を知る手がかりは、搬送先を記した宛先票《タグ》にあった。それが例外なく北平になっていたという。大げさな身ぶりを加えて針小棒大に話しているが、要約するとそれだけのことだった。ときおり意味ありげな視線を、波須田にむけている。

波須田は無視する態度をとっているが、明らかに困惑していた。二人は以前から面識があるようだ。ただ、それ以上は時間の無駄だった。潮時だと思ったが「情報料」の相場がわからない。話しかけるきっかけを失っていたら、有藤武官補が割りこんでいった。

「ご苦労さん」

そういったときには、手にした紙幣を差しだしていた。だがその額は、予想よりも少なかったようだ。ドブネズミの表情が一変した。馬鹿にするなと、いいかけたらしい。だが、できなかった。慌てて言葉を呑みこんだ。

武官補が鬼のような形相で、ドブネズミを睨めつけている。一方のドブネズミは、恐怖で顔が引きつっていた。這いずるようにして、部屋から出ていった。そのときには、有藤武官補の顔つきは普通にもどっていた。

富和田主計長としては、そのことの方に空恐ろしさを感じた。かといって、逃げるわけにはいかない。有藤武官補と波須田の二人は、間もなく南京にむけて出発する。上海に残るのは富和田主計長だけだから、不明な点はいまのうちに確認しておきたかった。

ドブネズミは信用できない男だが、持ちこまれた情報自体は実在する。蔣介石が訪欧するという噂話は、予想以上に拡散しているようだ。ドブネズミ程度の情報屋があつかっているくらいだから、いまでも商品価値はあるのだろう。

ところが全体的な構成を比較してみると、根幹の部分に微妙な差違があった。ドブネズミのいっていた「シベリア鉄道を利用して、モスクワ経由で訪欧」する方法はむしろ少数派で、大多数は上海から太平洋航路の旅客船を利用するというものだった。

いずれにしても、通常の噂話とは思えない。内部の人間しか知りえない情報も含まれているから、政府筋から流出したものと推測された。意図的に流された噂話の可能性もある。そう考える根拠は、噂自体の不自然さにあった。

確認されている事実との、不整合も気になる。大量の荷箱が、官僚と共に移動したのは事実らしい。ただし行き先は、北平ではなく上海であるはずだ。ドブネズミは北平だと主張していたが、この状況ではどうも説得力に欠ける。

連合国の首脳と会談するのに、蔣介石が単身で行動することはありえない。閣僚級の政府要人や実務を担当する官僚、さらにはタイピストや料理人など多数の随行員が同行するはずだ。彼らの大部分は、蔣介石とおなじ便を利用する。

一カ月以上の長旅になるが、のんびりしている余裕はない。移動の間は会談の準備や、資料の作成にあてられるのではないか。そのためには大量の書類と、人手が必要になるのだ。しかし大勢の随行員を一度に移動させたのでは、めだって仕方がない。

少人数ごとに移動して、事前に通関等の手つづきをすませようとした。ところがそれを、かぎつけた情報ブローカーがいた。ドブネズミ自身が気づいたとは限らないが、金になると踏んだらしい。ただし情報としては、辻褄《つじつま》のあわない点がある。

シベリア鉄道の中で、積極的に書類を作成するとは思えないのだ。不可能ではないが、かなり窮屈な思いをするだろう。列車の振動も無視できなかった。手書き文字でもタイプされた文字列であっても、揺れる列車の中で作成された書類など読めたものではない。

不自然な点は他にもあった。国民政府が関与する書類行李は、厳重に管理されている。部外者が搬送先を容易に確認できるとは思えなかった。しかも一行がシベリア鉄道を利用する可能性は、早い段階で消えていた。

蔣介石一行にとって、ソ連領内の通過は危険だった。妨害が予想されるシベリア鉄道を利用するよりは、戦闘のつづく太平洋を突っ切る方が安心できるのではないか。それなのに何故、北平という地名がでてきたのか。

外国人にはうかがい知れない論理があるようだが、真実を知る方法はなかった。海兵隊の経理責任者である主計長は、普段は算盤をはじいて帳簿を管理している。だから物資の流通について一応の知識はあったが、昔からの商慣習や既得権が絡みあって手に負えない。

ドブネズミの視線を思いだしたのは、そのときだった。荒っぽいくくり方をすれば、波須田とドブネズミは同業者といえる。二人の様子をみる限り、以前からの知りあいであるのは間違いない。もしかすると波須田は、何かを隠しているのではないか。

そう考えて、波須田を問いただした。書類行李の宛先は、なぜ北平などという形で外に漏れたのか。何か知っているはずだと考えて、波須田に迫った。波須田は戸惑う様子もみせずにいった。

「簡単なことです。私が事実を作りかえて、噂を広げました」

あっと思った。黙って話を聞いていた有藤武官補が、片頬をゆがめてみせた。笑ったつもりかもしれないが、波須田は嫌な顔をしている。そういえば波須田は国民政府の外務官僚として、勤務していた経験があるらしい。

無論、地位は低く下っ端の役人だと考えられる。無給の書生よりは多少ましな、繁忙期だけの非常勤職員あたりだろう。ただし波須田には、閻烈山《えんれつざん》将軍という後ろ盾がある。政府の役職をとかれたとはいえ、閻将軍の影響力はいまも無視できない。

その威光を利用して、国民政府とのつながりを維持しているようだ。そう思ったが、有藤武官補には異論があるようだ。返答が気に入らなかったらしく、凄味のある視線を波須田にむけている。波須田は小さくなって、視線をそらしていた。有藤武官補はいった。

「では何故、そんな噂を流した。総統の連合国歴訪を、妨害する動きがみられるのが原因か。妨害を回避するために、こんな手のこんだことをしたのか」

波須田は応じなかった。視線をそらしたまま、黙りこんでいる。それを見越して、有藤武官補は身を乗りだした。

「正直にいえ。加減を間違えたんだな。情報の管理が曖昧で、国民政府主席たる蔣介石の外遊計画が外部に漏れた。しかも情報を手にしたソ連邦が、蔣の訪欧を妨害しようとしているともいう。

もしも国民政府の対日参戦が実現すれば、イワンどもとしては一大事だ。ドイツの降伏後に矛先を転じて極東に攻めこむ戦略が、綺麗さっぱりご破算になる。だがイワンどもが警戒するのも、無理はない。

対日戦に何の貢献もしていない国民政府が、今ごろ割りこんできて極東の利権を横取りしようというのだから。かりにソ連邦と話がついても、機密の漏洩は咎められたことではない。発覚すれば国際的な信頼関係も、大きく低下する。

国民政府の役人たちは、躍起になってもみ消しをはかろうとした。しかしそれが、うまくいったとは思えん。火に油を注ぐ結果にしかならなかったはずだ。当然だ。時期が悪すぎる。死闘のつづく太平洋を、中立国船籍とはいえ民間商船が乗りきろうというのだ。

よほどの覚悟がなければ、乗船できるものではない。だからこそ、噂になる。その点からして、すでに認識が違っていた。太平洋航路ではなくシベリア鉄道だという筋書きを仕立てあげるのなら、もっと本当らしい嘘を考えるべきだった」

波須田は気勢をそがれたらしく、言葉を返せずにいる。しかも有藤武官補に対しては、苦手意識があるらしい。神妙な様子で、かしこまっている。それを見越したのか有藤武官補は、かさにかかって責めたてた。

「貴公が用意した策も、下の下だ。南京発北平行きの流れが、実在するかのような噂を流したのだろう。そうすれば蔣介石と使節団に対するソ連邦の『妨害』も、立ち消えになると判断したのではないか。

奴らにとって、シベリア鉄道は庭も同然だ。狩人《ハンター》たちが待ちかまえている猟場ともいえる。地理に不案内な外国人が迷いこめば、二度と出てこられない。待っていれば罠にかかるのは確実だから、他の経路で待ち伏せをするまでもない。

そんなところか。ソ連邦海軍が横着をして、太平洋方面の警戒態勢を解除するとでも思ったのか」

武官補の言葉は、図星だったようだ。それ以上の追及は、必要なかった。すぐに波須田は白状した。最初は簡単に考えていたらしい。人を雇って新たな噂話を流せば、最初の噂は立ち消えになる——その程度に予想していた。だが、結果は散々だった。

すでに流布した噂は、容易には消せなかったのだ。波須田の読みが甘かったとしか言い様がない。最初の風聞を耳にしたとき、ソ連側の担当者は危機感とともに対抗策を考えたはずだ。本気で「妨害」を実行するのであれば、場所を選ぶ余裕などなかった。

シベリア鉄道か太平洋航路のいずれか、あるいは中国国内のどこか一個所から選択するとは思えない。その全部に、罠をしかけると思われる。もしも太平洋を渡る可能性が数パーセントでも存在すれば、万難を排して待ち伏せを実行するのではないか。

重要なのは首脳会談の席上で、蔣介石が対日参戦の意思表示をしないことだ。やむをえず蔣が欠席するときは、権限の代行者も同様の行動を求められる。書類や随行員の動きは、その手がかりにすぎない。ところが波須田は、このふたつを混同していた。

つまり南京から送りだされた書類と随行員が、どこを通るのかは「妨害」には影響しないのだ。噂自体が曖昧だから、行き先を修正しても記憶には残らないだろう。本気で噂話を修正する気なら、使節団全員の影武者をモスクワに送りこんで記憶に刻みこむしかない。

有藤武官補は、さらに言葉をついだ。

「状況を詳細に検討しないと最終的な結論は出せないが、現実的にいって『妨害』の主力は北部太平洋におかれるものと思われる。無論、上海に別働隊が投入される可能性はある。出港前なら海上を捜索する必要がなく、積荷や乗客を確認した上で訪欧を阻止できる。

ただし市街地における『妨害』行為となるから、第三者に目撃されやすく『排除』すべき人物を取り逃がす可能性が高い。かりに『排除』が成功した場合でも、修復《リカバリ》は容易だ。随行員が死亡しても、南京から代替要員を呼び寄せるだけですむ。

無論、受けた傷は決して浅くない。それでも致命傷には、ならないはずだ。ところが『妨害』をしかける側にとっては、多大な危険をともなう違法行為になる。

基本的に国民政府の主権を侵害する行為だから、大部隊を投入することはできない。少人数で隠密裏に実行する違法行為以外に方法はなさそうだ」

「違法行為、ですか」

意外さを隠そうともせず、波須田がその言葉をくり返した。しかし有藤武官補は、波須田の疑問に答えなかった。二人の間には、かなり認識の違いがあるようだ。有藤武官補は、かまわずにつづけた。

「『妨害』の実態がどんなものか、現段階で知る方法はない。ただ……合法的な行為だけで、国民政府の対日参戦を阻止できるとは思わない方がいい。さらにいえば南京や上海の市街地で、要人の暗殺や誘拐などを実施するのは非現実的だ。

それよりは船影が少ない外洋上で、待ち伏せる方が有利だ。中立国船は戦闘海域を避けて北部太平洋を航行することを、関係各国に通告している。ただしそれは、偽情報の可能性もある。蔣介石とその一行の抹殺計画を、察知した上で裏をかくことが考えられる。

蔣介石の思惑が的中すればイワンどもの待ち伏せは空振りに終わるが、その逆だと中立国の客船はソ連海軍の哨戒艦に臨検されて拿捕ということになりかねない。あるいは潜水艦による無警告攻撃もありうる」

富和田主計長は戦慄した。先ほどまで波須田の時代錯誤的な行為——流言飛語の制御についていけていたものだから、現実との落差が大きすぎた。だがそれは、波須田も同様だったらしい。気を呑まれたように、有藤武官補を凝視している。

「どうした。何か納得のいかぬ点でもあるのか?」

有藤武官補が問いただした。問いつめているわけではない。叱責している様子もなかった。ただ真実を、正確に伝えようとする気迫が感じられた。そのことは、波須田も気づいていたようだ。教官の言葉を待つ学生のように、じっと武官補を見返している。

有藤武官補は、陰気な声でつづけた。声が別人のように低くなっていた。

「いいか……。これから起きることを、よくみておけ。貴公が目撃するのは、生きている歴史そのものだ。頑張れよ。帝国は大陸から退くかもしれんが、貴公らには逃げ場がない。せいぜい台湾か、メコンの上流部まで逃れるのが限界だ。

もしも舵取りを誤れば、四億の民が地獄をみることになる。よほど要領よく立ちまわらなければ、内戦で数百万から一千万もの民が死ぬ。ここからが正念場だ……」

「もう時間がありません。これからの行動を、早急に決めるべきです」

富和田主計長が、割りこんでいった。時間がないのは事実だった。南京にむかう便船は、めだつのを避けて日没後に出港する予定だった。明日の朝の早い時刻には南京に上陸して、国民政府高官の消息を確認しなければならない。

その前に閻烈山将軍と会って現在までの状況を報告し、南京の政治情勢に詳しいブローカーから情報を仕入れる必要がある。その予定で時間を逆算すると、黄浦江《こうほこう》が闇に閉ざされた直後には離岸しなければならない。

ところが彼らは、いまだに準備作業を片づけられずにいる。

――こんなことで、日本が直面している大問題を回避できるのか。

富和田主計長にはわからなかった。日没までに残された時間は、あとわずかだった。

## 2

日没を待って、有藤武官補と波須田は出発した。富和田主計長は上海にとどまって、二人の支援と連絡にあたる。慌ただしくて、矛盾の多い出発だった。しかも流れに逆らっている。単に長江の流れに逆行して、南京に移動するだけではない。

上海にむかう人の流れを把握するために、逆方向に移動しているのだ。蔣介石との交渉が目的で南京まで足をのばした結果、それが原因で蔣介石を取り逃がすかもしれないのだ。そのような矛盾が、別の矛盾を生じさせた。

有藤中佐は海軍駐在武官補の身分を隠して、南京に潜入するつもりでいたようだ。軍衣はもとより、護身用の武器も携行しないことを決めていた。同行する波須田にあわせて、私服で通したわけではない。

単に普段のやり方を、踏襲しただけだ。ことに奥地に入りこむ場合は、非武装の方が安全なことが多い。そう思ったのだが、直前になって状況が一変した。ここでも時間に余裕のないことが、新たな矛盾を生じさせていた。

南京までの移動手段は、当初あまり深く考えていなかった。黄浦江の桟橋で声をかければ、手ごろな動力船がみつかるだろうと考えていた。黄浦江を呉淞《ウースン》河口までくだって長江の本流に乗り入れたあと、南京まで遡行するのだ。

ところが波須田は、それに強く反発した。少しでも時間を短縮するために、公船を使用するよう主張した。無論それは有藤武官補も承知していた。乗合船は途中で立ちよるところが多いから、かなり時間がかかる。

金に糸目をつけず一隻まるごと貸し切りにして、一晩で南京に到着するよう交渉していた。ところが波須田によれば、それでも遅いという。民間船の借りあげだと、官憲に足留めされる可能性があるからだ。

中央官庁には優秀な官僚もいるが、出先機関の中には悪質な役人も多いようだ。河川を航行する船舶に対し、既得権として法外な賄賂を請求してくることも珍しくないという。そのため外国船――ことに陸上基地との戦闘も可能な砲艦の出動を強く求めた。

予想に反して有藤武官補は、あっさりと波須田の主張を入れた。上海の遣支艦隊司令部に出向いて、河川砲艦「熱海《あたみ》」を出動させたのだ。

砲艦といっても二〇〇トン級だから、大型の軍艦を見慣れた眼には心細ささえ感じる。

　各国の利権が入り乱れる長江流域で「砲艦外交」を展開しているせいか、熱海の艦尾には小型艦には不釣りあいなほど大きな軍艦旗が掲揚されていた。そんな艦上でも私服で通しているものだから、有藤武官補の存在はかえって周囲から浮いていた。

　とっぷりと日の暮れた岸壁を離れて、砲艦熱海は遠ざかっていった。見送っているのは、富和田主計長一人だけだった。この日は昼間から、重苦しい雲がたれ込めていた。そのせいで夜に入っても、星ひとつ見当たらない。

　航海灯の淡い光に照らされた熱海は、たちまち深い闇に呑みこまれた。その艦影を眼で追いながら、富和田主計長は不思議な思いにとらわれていた。自分たちが矛盾を重ねることで、歴史の流れは次第にねじ曲げられていくのではないか。そんな気がした。

　砲艦熱海の主武装は、旧式化した八センチ高角砲一門だけだ。実質的な武装は七・七ミリ機銃が五挺と、数だけは揃えてある。しかし最近の重防御重武装の対地兼対艦攻撃機が相手では、明らかに威力が不足していた。

　現実的にいって陸戦部隊の上陸戦闘時に、支援火器として弾幕を張る程度の使い方しかできないのではないか。武装ジャンククらいなら追い払えるが、それ以上になると心もとない。連合軍の空襲を受けたら、降りしきるスコールの下にでも隠れるしかなかった。

　砲艦熱海の基本構造は、喫水が浅く艦底が平らな「下駄船」だった。浅瀬や急流でも操艦しやすくするためだが、波浪の影響を受けないから乾舷《かんげん》は低くなっている。航行しているところを遠望すると、まるで遊覧船のように長閑《のどか》な印象を受ける。

おなじ戦闘艦でも航洋性のある駆逐艦の、徹底して無駄をそぎ落としたかのような精悍さはない。荒天時であっても、波浪を叩き伏せるようにして航進する力強さとは無縁だった。威圧感などもないが、長期にわたる単独行動が多いせいか通信機能は充実していた。

このため今回の作戦では、国民政府との交渉過程は遅滞なく上海に届くはずだ。上海から日本国内までは、海軍系の通信施設や国際電話が使える。偶然とは思えなかった。有藤武官補は波須田が指摘する以前から、砲艦の投入を考えていたのではないか。

富和田主計長の推測は、予想とはことなる形で的中した。上海を離れて一時間あまりがすぎた頃、もう熱海から最初の報告電が着信した。富和田主計長は首をかしげた。熱海の巡航速度は一〇ノット程度でしかない。こんなに早く、南京に到着するはずがなかった。

航行時間からして熱海の現在位置は、長江との合流点に近い呉淞《ウースン》あたりだろう。不審に思ったが、偽電の可能性はなさそうだ。事前の取り決めにしたがって、有藤武官補自身が暗号を組んだ形跡があった。

ところが暗号を解読した富和田主計長は、さらに不可解な思いをすることになった。電文には日本政府から打診のあった両国政府高官による非公式会談について、中華民国政府は実施の方向で検討中であることが明記されていた。

河川砲艦　熱海

ところが具体的なことには、まったく触れていない。「政府高官」というだけで、指名された要人はいなかった。詳細は追って知らせるようだが、どうも不可解だった。長江の本流に出たばかりなのに、有藤武官補はどうやって南京の意思を知ったのか。

理解し辛い点はあるものの、申し入れを断ることなど思いもよらない。合意にいたる経緯は不明だが、実現する以外の選択肢などなかった。もしも今回の機会をのがしたら、二度と条件は整わないだろう。

どのみち考えている余裕はなかった。富和田主計長に期待されているのは通信の中継であり、暗号の変換だった。そう割り切って熱海からの電文を、日本国内の通信局に転送した。それでようやく、一息つく余裕ができた。

ただし仕事をひとつ片づけたというだけで、早急にすませるべき作業は他にもある。なかでも重要なのは、蔣介石および使節団の動向に関する情報の整理だった。断片的な情報ばかりが存在しているものだから、収拾がつかなくなっていた。

これまでの調査では、一行が利用するのはポルトガル船籍の貨客船「エストレーラ」だと考えられていた。通常はマカオを母港に中国沿岸の各地を航行しているが、ときおり長距離の不定期航路に投入されることもあるらしい。

上海に寄港する貨客船の中では、エストレーラだけが太平洋を横断した実績があった。次の上海入港は明後日の午前中だというから、波須田が入手した情報とも一致している。波須田によれば「二日後に上海を出港する高速船に、使節団の全員が乗船する」らしい。

　ところがこの情報には、不自然な点があった。

　この時期の長江流域は雨量が例年よりも多く、水位がかなり上昇していた。そのため一万トンをこえる大型船でも、重慶《じゅうけい》までの遡行は可能だったのだ。したがって通常の年よりも、長江上流部の利用頻度は高いはずだ。

　逆に黄浦江ぞいの上海では水位が上昇しすぎて、一部港湾施設が冠水して使用できなくなっていた。ところが富和田主計長が調査できたのは、上海に寄港する船舶だけだ。南京の出入港予定は、南京で調査するしかない。

　常識的に考えれば、蔣介石の一行は南京から乗船する可能性が高い。ところが波須田は裏をとることもなく、持ちこまれた情報を思惑買いした。その結果、支払いを迫られていたようだ。結局、資金調達の目処がたたず有藤武官補に泣きついた。

　後始末をしたのは、富和田主計長だった。前任者と同様に金銭関連の全責任は、自分が被るしかなかった。失った公金は補塡が可能だが、使える情報ブローカーは自分たちが育てる以外にない。

　頼りない波須田でも、いないよりは数段ましだと有藤武官補は考えているようだ。だが富和田主計長は、武官補の考えには同意できなかった。それよりは自前の情報機関を、平時から整備する方が有用なのではないか。

　自由度の高い情報機関が存在すれば、緊急時の情報収集に重宝するはずだ。今回の例でいえば使節団の要員が身を隠していそうな客桟《かくさん》や、停泊中の船をしらみつぶしに捜索することになる。

　現状では海兵隊を投入するしかないが、制度上は捜査権がなく訓練も受けていない。主計科の富和田少佐が部隊を託されても、何をどうしていいのか見当もつかなかった。原則的に富和田主計長には、戦闘部隊の指揮権がない。

　いずれにしても解決すべき問題は多そうだが、有藤武官補は巧妙な方法を考えていた。当該国の主権を侵害することなく、国民政府による捜査に技術的な指導と助言をあたえるのが原則だった。現地の情報ブローカーを組織して、あらたな捜査機関を創設するのだ。

　ただし放置しておいたのでは、新組織といえども腐敗する可能性が大である。そのような事態を回避するために、日本からも警察官僚や憲兵などを指導者として派遣する。そして「技術顧問」の待遇で、発言権——あるいは運用上の権限を確保するらしい。

　空恐ろしさを感じたが、富和田主計長は反論せずにおいた。これはインドや中国で、欧州列強がくり返してきた植民地支配の構図そのものではないか。有藤武官補の真意は不明だが、少し距離をおいた方が良さそうだ。

　ところがそう思う一方で、有藤武官補に対する富和田主計長の評価はゆれていた。少なくとも、救いようのない悪人ではなさそうだ。情報という眼にみえないものを扱うだけに、情報提供者との信頼関係は何よりも大事だと考えられる。

　信用できない詐欺師でも、使い方によっては心強い取引先に変化することがあった。ただしそのことに気づくには、長い年月が必要だった。

上海で偶然にたよって人脈を構築していたのでは、最低でも五年はかかるだろう。

　とてもではないが、そんなに長く待つことはできない。それよりは南京に移動して、波須田の人脈を利用した方が早かった。だが波須田自身は、自分の意見を口にしなかった。情報ブローカーがらみで大損させたことを、気に病んでいたわけではなさそうだ。

　情報源として波須田が考えているのは、闇烈山将軍らしかった。波須田の主筋であり、父親とも噂される政界の実力者だった。根拠など何ひとつないが、それが波須田を、悩ませているのではないか。

　そのような人物が割りこんできたら、混乱がますますひどくなりそうな気がしたからだ。

## 3

　連合軍との戦闘を、これ以上つづけるのは無意味ではないか――公然と口にするものはいないが、そう考えているものは多いようだ。ことに前線で戦っている将兵や、帰還兵と接する機会の多いものにはその傾向が強かった。

　厭戦気分の蔓延が、無力感につながっているのではない。むしろその逆だった。激戦を経験した将兵は、一様におなじ言葉を口にしていた。死力をつくして戦えば、決して勝てない相手ではない。勝機さえつかめれば、有利な条件で講和に持ちこめる可能性はある。

　悪くても、痛みわけ程度の結末にはなるはずだ。無論、思い通りの結果になるとは限らない。

それでも守るべきものを、すべて失う徹底した敗北だけは回避できるはずだ。そう考えている節があった。ただし今回の戦争に、限定していえば。

連合軍が侮れないのは、決して諦めない「いさぎ悪さ」にある。完膚なきまでに叩きのめしても、まだ安心できない。息の根をとめたと思っても、執念ぶかく次の機会を待っている。自分たちが勝利するまで、息をひそめて雌伏しているのだ。

それまでは何度でも戦いをくり返すし、たとえ勝っても容赦はしない。敗戦国の軍隊を解体し、社会体制を崩壊させるところまでやる。そして狼たちは牙を抜かれ、飼い慣らされて従順な羊に姿をかえる。そんな国を相手に戦っても、勝てる道理はなかった。

日本にとっては、たちの悪い盗賊に眼をつけられたようなものだ。射殺して首を刎ねても、胴体だけが追いかけてくる。ガソリンをかけて焼却処分すれば息子に、息子を殺せば孫に後を追いまわされる。

終わりのない一方的な襲撃を中止させるには、中華民国政府の仲介がもっとも効果的だった。政府高官との会談は、何があっても成功させなければならない。闇夜に射しこむ一筋の光明であり、千載一遇の好機ともいえる。

だが、そのことを深く考えている余裕はなかった。

熱海からは次々に電文が着信した。大部分は通信試験のような平易な文章だった。無論、深い意味はない。通信機器や暗号の換字手順が、正確に機能しているか確かめているだけだ。通信機を操作するのは下士官兵だが、暗号に関しては富和田主計長がやるしかない。

　無論、全作業の責任も富和田主計長が負うことになる。わずかな油断も許されず、一瞬たりとも気が抜けなかった。暗号に間違いがないか確認していたら、予想外に時間がかかった。初級兵が五分で終える作業に、二〇分から三〇分かかることも珍しくなかった。

　――この大量の電文は、秋津大佐も傍受しているのだろうか。

　その点が気になった。上海で中継することなく日本国内の地上局で直に受信することも、理論的には可能だった。しかし意味のない電文ばかりが着信するのであれば、東京で受信と解読を直接やった方が早いかもしれない。なかば投げやりな気分で、そう考えた。

　しかし作業が遅れたのも、無理はなかった。熱海からの連絡が予想より早かったせいで、対応手順の検討が不充分になってしまった。何をするにも勝手がわからず、無用の混乱を生じることになった。

　それでも慌てずにすんだのは、文脈が単純で返信の期限もなかったせいだろう。時間は充分にあると自分にいいきかせて、何度もくり返して間違いがないか確認した。それでも安心できずに、誤記の有無を一字一句たしかめた。

　会談の申し入れがあったことを伝える電文を、転送し終えたときには心底つかれ果てていた。すでに日付がかわっていたが、休むことは許されなかった。このあと数日間は、不眠不休で作業が連続するはずだ。気を引き締めて、耐えるしかない。

最初のうちは、なんとかやり通せた。ところが時間がすぎるにつれて、次第に混乱がひどくなってきた。富和田主計長の予想は、異なる形で現実になった。主計長らが発信した電文は、本来の宛先以外でも傍受されていたのだ。

長江を遡上《そじょう》している熱海はもとより、南京市街の国民政府基地局でも受信されていた形跡があった。無論そのままでは、意味不明の暗号文でしかない。解読の手がかりを求めて、関係部局間をたらい回しにされたようだ。

これは無意味というより、迷惑きわまりない行為だった。受信技術が未熟で処理能力が追いつかないものだから、入電のたびに送信待ちの未解読暗号が増大したらしい。深夜にもかかわらず通信環境が処理能力をこえて、どの周波数帯も大混乱におちいっていた。

これは意図的な破壊工作と、本質的にかわらなかった。自国の通信波長域を占有する外国軍隊に、独立国としての矜持を示しているのかもしれない。その心情は理解できなくはないが、自国政府にも不利益を与えているのだから本末転倒といえる。

そのせいで有藤武官補や秋津大佐との回線が、雑音がひどくて使えなくなった。すぐに混乱は、次の段階に移行した。正規の基地局までが回線の不安定さに辟易して、通信回線使用上の基本法則を無視しはじめたのだ。

最初は熱海だった。熱海発の照会電が上海でもたついている間に、次の電文が着信した。それが混乱を、さらに増大させた。返答が遅いのを、不達事故のせいだと解釈したらしい。時間がすぎるに従って、事態は次第に悪化した。

富和田主計長の一存で発信を保留にしておいた多重電が、いつの間にか打電されていたのだ。さらに本文が同一で、呼出符号が異なる確認電が届くこともあった。ついには確認電を送信している最中に、優先順位を無視して返答が入電しはじめた。

——基地局の数が、増えている……。

ようやく富和田主計長は、そのことに気づいた。日本軍内の交信を妨害しているのだと考えていたが、実際にはさらに悪質な破壊工作なのではないか。本来この通信網は砲艦熱海と東京市ヶ谷の陸軍参謀本部を、上海の海兵隊基地が中継する構造になっている。

陸海軍と海兵隊が関与している軍事通信施設だから、第三者が介入する余地などないはずだった。ところがそこに、中国系の局が割りこもうとした。それだけではなく、積極的な発信をはじめた。時間がすぎても感度は変化せず、電波源の方位もかわらなかった。

ということは、船舶や航空機などの移動局ではありえない。正確な位置は特定できないが、国民政府系の地上局なのは間違いなさそうだ。公共通信事業にも参入しているらしく、出力や使用する周波数帯が自在に変化した。

高度な運用技術から、その地上局は「RS南京」と呼ばれていた。どこかで聞いたことがあると思ったら、ラジオによる国際放送も手がけているらしい。RS南京は富和田主計長らの中継局を無視して、東京との直接交信を試みようとした。それが混乱の原因だった。

迅速さよりも命令系統を重視する軍のやり方に、慣れていないのだろう。複数の中継局を経由する現在の方法に、苛立っている様子がうかがえた。非公式な会談なのだから、交渉相手である東京の反応を少しでも早く知りたいらしい。

それが発端になって、多数の局が入り乱れる混乱状態におちいった。無論、東京はこの騒ぎを無視した。上海の富和田主計長からの通信文以外は、受信しようとしなかった。それでも割りあてられた周波数帯は、無法地帯と化していた。

そんな混乱状態の中で、重要な情報が着信した。長江を航行している砲艦熱海からだった。かなりの高速で航行したのか、早くも南京の近郊に達しているようだ。富和田主計長は時計をたしかめた。すでに上海を出港してから、一〇時間がすぎていた。

着信した本文には、必要な事項がすべて記入されていた。

「会談は明日正午から日没までの間に開始する。所要時間は三〇分まで。出席者は双方とも一名のみ。正確な開始時刻および開催場所は、開始一時間前までに通告する。日本側出席者は予定時刻まで、上海の日本総領事館で待機のこと」

解読された暗号文に眼を通した富和田主計長は、興奮で胸が高鳴るのを感じた。何か途方もないことが、間もなく起こりそうな予感がする。そのせいで、息苦しさを感じた。もしかすると歴史が時間軸を乗りかえる瞬間に、自分も立ち会えるのではないか。

結果に期待して、東京からの返信を待った。これまで電文には、発信者の個人名や肩書きは明記されていなかった。それにもかかわらず、富和田少佐には相手の顔がみえた。通信機器を操作する技術者ではないし、電鍵を叩いて電文を送信する通信兵とも別人だった。

ましてや電文を起案して、暗号文を組むこともなかった。それでも過去の経緯から、東京側の責任者が誰だか見当がついた。たぶん参謀本部作戦課の、生きている伝説と呼ばれた秋津大佐だろう。それ以外には、考えられなかった。

通信兵が差しだした着信簿にも、大佐の気配が感じられた。ところが電文に眼を通しかけたときになって、妙な違和感に気づいた。何かが違っていた。発信に関わったのは、秋津大佐に間違いない。それなのに、別人のようなよそよそしさを感じた。

胸騒ぎを抑えて、暗号を解読した。浮かび上がった文字列は、予想と大きく違っていた。事務的な文言をみただけで、期待が外れたことを察した。無論、解読された暗号文だから原文とは微妙に表現が違っている。その点を差し引いても、そっけない文章だった。

翻訳されることを前提に、曖昧な表現を避けたわけではない。どことなく人間らしさを失っているかのような、冷たさを感じる。秋津大佐は明確に会談を拒否したわけではなかった。だが状況を知る富和田主計長には、事実上の拒否としか読み取れなかった。

その上に冷え冷えとした文面が、悲観的な気分を倍加させた。送信されてきた文章は、それほど容赦のないものだった。

「最速の方法をもってしても、指定された刻限までの上海到着は不可能。おなじ理由により当方が待機を開始できる時刻も、現時点では推測が困難。一応の目安として会談の開始時刻を、四八時間程度おくらせることに同意いただきたい。

なお現地の天候および海況によっては、さらに遅れる可能性もある。その場合は、追報する。他の条件に関しては、異存がないことを確認しおく……か」

一字一句たしかめるようにして、電文を読み返した。思い違いなどではなかった。国民政府からの申し入れを、東京は——というより秋津大佐は拒否するつもりでいる。さもなければ一度は四八時間と明記した待機予定時刻を、さらに延長する理由がなかった。

ほんのわずかでも想像力があれば、容易に理解できるはずだ。戦闘海域を中立国の船舶が通過するには、事前に周到な準備が必要だった。交戦国の潜水艦が無警告で攻撃することのないように、あらかじめ予定航路を通告しておく必要があった。

たとえ乗客が間にあわなくても、出港時刻は動かせない。まして四八時間以上の遅延は、物理的にもありえなかった。それとも陸軍軍人の秋津大佐は、船舶の航行事情を知らないのか——。

そう考えるしかなかった。さもなければ、こんな一方的な返答を送ってくるはずがない。知らなかったでは、すまされないのだ。面とむかって会談を拒否するよりも、はるかに無礼な行為といえる。

——それとも責任の重さに耐えかねて、逃げだしたのか。

その可能性は、否定できなかった。蔣介石ほどの大物と意見を戦わせるには、こちらも広範な知識と豊かな識見が求められる。その上に戦略的な視野と、未来を見通す視点が必要だった。さらに弁舌が巧みで、理路整然とした受け答えができる人物が求められる。

もし蔣介石が考えをかえなければ、日本の終戦工作は失敗に終わる。そして二度と機会はやってこない。重要な役割を負った秋津大佐の返答が、これだった。逃げたと思われても、仕方がない。

——こんなものを、蔣介石に送りつけられるか。

握りつぶすしかない、と思った。その時には、手にした用紙を引き裂いていた。細かくちぎって上衣のポケットに押しこみ、関係書類を残らずかき集めた。富和田主計長のいる小部屋には、暗号の有資格者しか入室できない。それをいいことに、備忘録や反古の類を残らず処分した。すべての作業が終わるまでに、さして時間はかからなかった。富和田主計長は時刻を確かめた。もうすぐ夜が明ける。秋津大佐からの返答が届かないまま、会談が不成立に終わるのはまずい。

電文には明記されていないが、国民政府の「高官」というのは間違いなく蔣介石のことだ。おそらく明日の正午から夕刻までの間に上海に到着して、会談をすませたあと中立国の旅客船に乗りこむものと思われる。

開始時刻が決められないのは、黄浦江の水位が一定ではないからだ。潮の干満や低気圧による海面の上昇、さらに上流の降雨による水位の変動など不確定要素は多かった。そこで日本の命運をかけた重要な会談が開かれる。

二人だけの、小規模な会談だった。それを秋津大佐は、放りだして逃げようとしている。この状況下で自分がやるべきことは、最初から決まっていた。海兵隊を指揮して長江あるいは黄浦江に進出し、中立国の客船を臨検して船内の蔣介石を捕らえるのだ。

もしも蔣介石を取り逃がせば、国民政府の対日参戦は避けられない。何があっても訪欧は阻止するべきだが、それができるのは富和田主計長だけだった。ただし準備のための時間は限られている。

同調者を探す余裕どころか、相談する相手もいなかった。自分一人がすべての責任を負うつもりで、独断専行するしかない。そこまでは、決めていた。ところが蔣介石を捕らえてからのことは、検討もしていなかった。

富和田主計長に秋津大佐ほどの力量はないのだから、とても代理などつとまりそうにない。そのことだけは、充分に承知していた。

# 4

あらためて考えるまでもなく、これは相当に間の抜けた話といえる。

眼をつけられた蔣介石も、いい面の皮だった。富和田主計長も逃げだしたいくらいだが、それは許されない。かといって秋津大佐が到着するまでの間、蔣介石を拘束するのは意味がなさそうだ。秋津大佐に蔣介石を説得させても、成功するとは限らない。

むしろ本人に自信がないから、逃げだしたのではないか。だから丸二日間、待ったとしても無駄骨に終わる可能性の方が高い。かりに二日遅れで大佐が到着しても、それまで蔣介石を拘束しておくのは得策ではない。

蔣の乗る客船を制圧した時点で、日本軍の不法行為は発覚する。もしも南京の国民党軍が蔣介石救出のために動きだせば、軍事衝突は必至だった。そんなことになれば、取り返しがつかなくなる。

蔣介石一人だけなら、誰にも気づかれることなく連れ去ることは可能だ。しかし随行員の中には、警護の専門家もいるはずだ。こちらも戦闘の手練れを揃えなければ、極秘裡に蔣を連れ去るのは無理だろう。

八方ふさがりだった。せめて有藤駐在武官補の助言がほしいところだが、上海帰着までの行動予定は不明だった。闇烈山将軍の山塞に立ちよるというから、蔣介石一行の上海到着より遅くなる可能性もあった。

――いっそのこと乗員と乗客を道連れに、船ごと太平洋に沈めるか。

ついに富和田主計長は、そんなことまで考えた。中立国の客船であっても、激戦がつづく太平洋を無事に渡れるとは限らない。交戦国の輸送船と誤認されて、哨戒中の潜水艦に無警告で雷撃されるかもしれなかった。

それなら下手な小細工などせず、船ごと沈めた方が簡単ではないか。証拠も残らない。蔣介石は旗幟《きし》を鮮明にしていないが、対日参戦の動きは変化しそうにない。難色を示しているのはソ連邦だけで、英米などは以前から国民政府に参戦を呼びかけていた。

ただし証拠ごと海に沈めても、日本軍が疑われるのは確実だった。やり方を間違えると、蔣介石を殉国の英雄に仕立てることになりかねない。日本軍は蔣殺しの下手人と決めつけられて、広範な反日運動が展開されることになる。

物的証拠や生き証人などは必要なかった。状況証拠だけは充分にあるからだ。それでも富田主計長の決意はゆるがなかった。蔣介石と刺し違えても状況は変化しそうにないが、政権の混乱によって時間をかせぐことはできる。

混乱に乗じて連合軍よりも早く、大陸沿岸の主要拠点を占領すればいいのだ。富和田主計長にとっては、それが唯一の選択肢だった。ただし蔣殺しが自分たちの仕業であることは、決して認めてはならない。

たとえ動かぬ証拠をつきつけられても、知らぬ存ぜぬで通すべきだ。あらたな目撃者が名乗りでても徹底して無視し、辻褄があわなくなれば片端から暗殺する——それくらいの強い意志がなければ、嘘を吐き通すことなどできないだろう。

そのことは承知しているのだが、具体的な方策になると見当がつかなかった。いまのところ上海の岸壁に係留されている日本海軍戦闘艦艇は、小型の河川砲艦や退役寸前の旧式装甲艦ばかりだった。これでは蔣介石の一行を、追跡することさえ困難だった。

長江の河口を離れて外洋に出た途端、波にあおられて沈没するかもしれない。かりに波がなくても、船あしが遅いから容易には追いつけない。陸地から遠ざかるほど波が高くなって、引き離される一方だと思われる。

かといって有藤武官補や秋津大佐と連絡をと

って、善後策を協議する気はなかった。まさかとは思うが日本軍の暗号が、解読されている可能性もある。ＲＳ南京をはじめ民間地上局も、無視できない能力を有しているようだ。

　東京との交信に使う暗号は容易に解読できないはずだが、熱海のような小型砲艦はそれほど複雑な暗号を使っていない。そういった事情を考えると、今後の行動は通信施設ぬきで計画するしかない。ほんの少しでも利用すれば、計画は漏洩すると考えるべきだ。

　それで一時は、目処がついたかにみえた。しかし肝心なことを、まだ決めていなかった。富和田主計長には、信頼できる手兵がいないのだ。主計少佐は将校相当官だから、戦闘部隊を指揮することはできない。

　まして戦闘艦艇を、主計長の一存で出動させることなど絶対に不可能だ。かりに遣支艦隊司令部に乗りこんで事情を説明しても、相手にされないと思われる。内火艇一隻すら動かせないはずだ。

　当然だろう。将校や将校相当官が恣意的に軍を動かしていたら、国の形が維持できなくなる。それどころか内戦状態になって、収拾がつかなくなる可能性さえあった。まして他国の国家元首である蔣介石を、船ごと沈めたことが発覚すればただではすまない。

　指揮官は銃殺を免れないし、命令に従っただけの下士官兵も厳しい詮議を受けるはずだ。最初は海兵隊の精鋭部隊や戦闘艦艇を、偽の命令書で出動させようと考えていた。だがそれは、さすがに拙い気がする。

　違法な出動だと感じたら、その時点で下士官兵は離反する。命令に反して帰隊するかもしれないし、富和田主計長を拘束する律儀な下士官がいる可能性もあった。詐欺のようなやり方は、避けた方が無難だった。

それよりは顔見知りで気心も知れている主計科の隊員を、投入するべきだった。日常業務は飯炊きや経理などだから、海兵隊の主力にくらべて戦闘力は低下する。編成上は重火器が配備されておらず、兵員輸送車や装甲車も保有していなかった。

なんとなく頼りないが、陸上戦闘の訓練は受けている。警護部隊を蹴散らして、蔣介石を捕らえることは可能だろう。あとは全力をあげて、客船の航路予定を確認するだけだ。情報さえ入手できれば、出港間際の客船に乗りこんで制圧するだけでいい。

埠頭との間をつなぐ桟橋を封鎖してしまえば、船内は一種の密室となる。長江の河口から充分に離れた位置まで自航させた上で船を沈め、海兵隊員を脱出させる。富和田主計長は生存者がいないことを確認して、船と運命をともにする覚悟でいた。

それが計画の概要だった。ところが具体的な兵力配置になると、ほとんど手つかずの状態だった。全般的な情報が不足していて、細部を決めることができないのだ。襲撃する船の規模や構造がわからないものだから、投入する兵力を見積もることができない。

そのせいで糧食や弾薬の消費量も、算出できなかった。必然的に輸送車両の運行計画も定まらず、燃料や潤滑油の搬入にも着手できない。消耗品の供給まで数えあげれば、際限なく積み残しの作業がふえていく。

それにもかかわらず、行動を開始すべき時間が迫っていた。基本的な情報も不明のままだった。せめて蔣介石らが乗る船の名だけでも知りたかった。すでに昼が近かった。遅くとも明日の正午には、戦闘に備えて待機を開始しなければならない。

そのためには明日の未明には、細部に至るまで計画を完成しなければならない。さもなければ明日の午前中に、必要な物品を集積できない。ということは今夜中に、詳細な情報を入手しておく必要がある。

富和田主計長は深々と息をついた。不眠不休で作業を続けたものだから、恐ろしいほど疲労が蓄積していた。脳内で何かが高速回転している感触があるのに、空まわりするばかりで手ごたえを感じなかった。

それにもかかわらず、神経がとぎすまされていた。考えることによって、頭蓋の内面に深い傷跡が残されていくような気がする。限界が近かった。何度もくり返して時計をみているのに、時間の経過が曖昧だった。

そのせいで、自分で決めた原則を忘れていた。気がついたときには、熱海宛の通信文を作成していた。複雑な文章は無理だった。ただ時間的にいって、有藤武官補はすでに必要な情報を入手したと思われる。あるいは熱海にもどって、帰路についた可能性もあった。

それならこちらが必要としている情報を、最優先で送信するよう要請すればいい。ただし強調しすぎない程度に、充分な配慮が必要だった。書きあげたあと何度も読み返して、さりげなく本文にまぎれ込ませた。

出来は満足のいくものだった。通信施設を封鎖することなど、綺麗に忘れていた。その勢いで、本文も書きあげた。できる限り簡潔に、要点だけを記していく。秋津大佐の動向を思いだしながら、間違いのないよう文章にまとめたつもりだった。

書き終えた文章は、ごく自然な文章に仕上がっていた。偽電だとわかっていても、怪しい部分は見当たらない。これで少なくとも明日の正午までは、時間が稼げると判断した。そのことに満足して、用意しておいた文書を本文に書き加えた。

「秋津大佐は貴職からの提案事項を了承した。要請どおり明日の正午から、日没まで日本総領事館で待機する。移送に要する貨物自動車二両、および車両が消費する燃料等の手配を関係諸官に要請する」

最後に書き加えた部分だけは、熱海に便乗している有藤武官補にあてたものだった。他の部分は翻訳された上で、南京の国民政府に転送あるいは手交される。たぶん国民政府は、偽装に気づかないはずだ。そして定時に、秋津大佐を迎えにくる。

ただし本物の秋津大佐は、到着が四八時間あまり遅参する。したがって蔣介石との会談に出席するのは、それらしい影武者ということになる。素知らぬ顔で用意された部屋に入り、蔣介石が入室するのを待つ。

中立国の船が係留されている埠頭と会談が開かれる部屋は、それほど離れていないはずだ。あるいはエストレーラの船内に、部屋が用意してあるのかもしれない。会談の開始直前まで正確な時刻や場所を知らせないなど、国民政府はかなり警戒している様子がうかがえる。

主計長の計画は、単純なものだった。影武者が蔣介石の姿を確認したら、隠し持った拳銃で蔣を射殺する。そして銃声を合図に部隊主力を突入させて、船内を制圧すると同時に出港準備を急がせる——それだけだ。

埠頭とは別の地区で、会談が開かれる可能性は考慮しなかった。もしもそんな状況になれば、襲撃は失敗したも同然だった。かといって、下士官兵に犠牲をしいる気はない。自分が秋津大佐の影武者として——あるいは暗殺者として乗りこむしかない。

そう決めたことで、心が急に軽くなった気がした。この数日間で数えきれないほど暗号を組んだが、その中でも格段に楽だった。どのみち複雑な文章ではない。予想外に短い時間で、全作業が終了した。

通信兵に用紙を手渡したときには、思わず息をついていた。背負っていた重荷を、投げ捨てたような気分だった。しかし、これで退路は断たれた。もう後もどりは、できない。蔣介石の暗殺以外に、選択肢はなかった。

それが油断になった。ほんの少し、眠りこんでいたようだ。激しく扉をたたく音で眼がさめた。実際に眠っていたのは、五分に満たない短い時間でしかなかったようだ。だから通信兵が手にした用紙を見たときには、先ほどの通信文に問題があったのかと思った。

だが、そうではなかった。新たな着信があったらしい。熱海からだった。奇妙な電文だった。

本文に意味はなく、単なる情報電か確認電だろうと見当をつけた。いずれも受信もれなどの事故を防ぐために、上級司令部が意図的に流す重複電文だった。

ところが発信局は、第二三砲艦隊の熱海になっていた。長江の警備を担当する砲艦の艦隊だから、通常は重複電文を発信することはない。不審に思って、用紙に眼を走らせた。本文の末尾に単純で簡易な文字列が記されている。

妙にめだつと思ったら、その部分だけは暗号ではなく平文だった。「ケイキヨ　モウドウ　スルナ　ムリシンジウ　ヲ　キンズル」と読めた。

「軽挙妄動するな、無理心中を禁ずる、というのか?」

声に出していった。それでようやく、言葉の意味が理解できた。たぶん武官補が、私的につけ加えたのだろう。暴発寸前の富和田主計長を制止するために、こんな文を送信したのだと考えられる。形式上の本文に意味はなく、末尾に追加された文章が本文といえる。

それは理解できたのだが、武官補の真意が不明だった。それ以上に、状況が把握できない。有藤武官補は、千里眼なのかと思った。いったいどんな手を使って、富和田主計長の動きを読みとったのか。

「軽挙妄動……。無理心中……」

意味がわからないまま、その言葉をくり返した。本当は理解しているのに、気づかないふりをしているのかと考えた。「軽挙妄動」や「無理心中」という言葉には、それほど強烈な毒がふくまれていた。

言葉の意味を読み解けば「軽挙妄動」は軽はずみな行動を、そして「無理心中」は蔣介石を道連れに自決することだと考えられる。あえて直接的な表現を避けたのは、傍受の危険を回避するためだろう。

むしろ場違いな言葉を積極的に使うことで、言外に傍受の可能性を強く示唆していたとも解釈できる。それが結果的に、いかにも薄っぺらな表現を選択させた。どれほど崇高な大義であっても、場末で演じられる三文狂言のように矮小化してしまうのだ。

ある意味でこの言葉は、遅効性の神経毒を思わせた。一行たらずの短い文なのに、富和田主計長の気力を萎えさせる効果があった。最強の神経毒であり、気づかないうちに全身を蝕んで生きる屍《しかばね》と化してしまう。

熱海から送られてきた言葉の破壊力は、それほど大きかった。何をしようとしてもその言葉が思いだされて、身動きが取れなくなるのだ。

# 第三章　夜間戦闘飛行隊

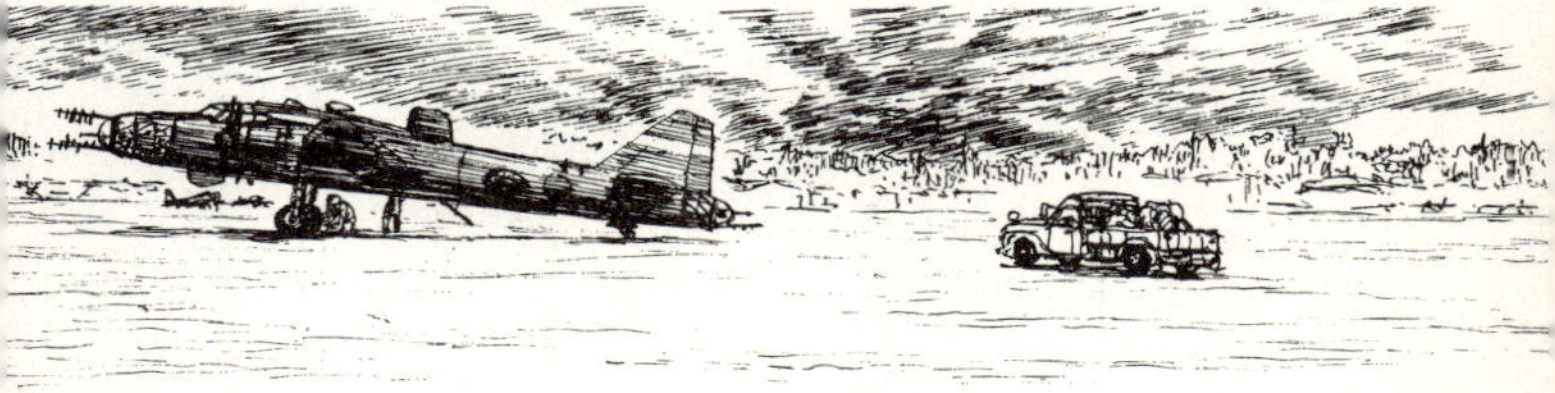

## 1

　厚木基地に到着する少し前から、機内は異様な寒気で満たされていた。

　内地を離れていたのは数日程度なのに、体は硫黄島の暑熱を記憶しているのか——最初のうちは、そう考えていた。ところが基地に近づくにつれて、寒さの質が次第に変化しはじめた。気温は以前と同じなのに、感じ方が急変したような気がする。

　たとえていえば異世界の住民である魑《ち》魅《み》魍《もう》魎《りょう》の類に、取り憑かれたかのような印象を受けた。両肩にずしりと重いものが乗って、背筋が強張っている。しかも体の芯が、凍りつきそうなほど冷たい。

常念寺二飛曹は特に信心ぶかくはないが、人知をこえた超自然的な存在を否定する気はない。ことに幼児期には不可思議な出来事が、現在より多かったように思う。だから生活の中で異常を感じても決して抗わず、普段の生活習慣を崩さないことが大事だった。

そうすれば、自然に体調は元にもどる。誰かが教えてくれたわけではない。そのことは、経験的に知っていた。しかし他の者は、常念寺二飛曹ほど客観的に事実を把握できなかったようだ。

おなじ輸送機に乗りあわせた搭乗員たちは、ほぼ全員が同様の寒気にとらわれていたようだ。少数の便乗者をのぞいて、大半が青白い顔でうなだれている。そのため硫黄島から帰還した搭乗員と、便乗者には歴然とした違いがあった。

危険な任務と知りながら出撃した零式艦戦乗りたちは、締めつけるような寒気にじっと耐えている。歯の根もあわぬほど震えているのに、額には脂汗が浮かんでいた。正体はわからないが、この世のものではない何かを背負っているとしか思えない。

これに対し硫黄島からの便乗者は、居心地の悪そうな顔で押し黙っている。それ以前に装具や衣服が、完全に別系統だった。搭乗員は冬季用の航空衣なのに、便乗者は草色の陸戦衣を着用している。

硫黄島を発進したときには、衣服や装具以外に違いはなかった。ところが厚木基地に着陸を控えたいまは、明らかな差が生じていた。原因ははっきりとしている。ただでさえ島の居住環境は劣悪で、短期間すごしただけの搭乗員たちは体調を崩しがちだった。

　そんな状態のときに、長時間の夜間飛行を前提としたマリアナ空襲計画が重なった。勝ち戦のときなら、勢いで乗り切れる程度の消耗だった。しかし手ひどい敗北で出鼻をくじかれた状況では、気力もつづかない。彼らが経験したのは、それほどひどい負け戦だった。

　二〇機もの零式艦戦が編隊を組んで出撃したのに、攻撃目標には一弾も撃ちこむことができなかった。硫黄島を発進できた機体は皆無で、厚木を出撃した編隊は一機残らず地上で撃破された。これでは「追い返された」という言葉さえあたらない。

　混乱がひどくて正確な状況はわからないが、米軍機の中には小型爆弾やロケット弾を搭載した攻撃機もあったようだ。悪いことに上空は風が強かったらしく、照明弾が流されて闇にひそんでいた故障機までが位置を曝露していた。

　その結果ブラックウィドウが見逃した零式艦戦も、別働隊による第二次攻撃で破壊された。不利な条件下で戦ったとはいえ、完敗としか言い様がない。やっとの思いで帰投したのに、陰鬱な気分から逃れられないのはそのせいだ。

　異様な寒気の原因も、いまなら容易に理解できる。彼らを出迎えた兵たちの無遠慮な視線が、弱り切った彼らの心をさらに痛めつけたのだ。容赦のない視線の集中は、輸送機への搭乗と前後して開始された。人一倍敏感な彼らは、誰よりも早く気づいていたはずだ。

　無論、面とむかって批判めいた言葉は口にしなかった。むしろ生還を喜ぶ声や、労《ねぎら》いの言葉ばかりが耳にとどいた。しかし彼らの疲労して擦り切れた心は、そのような言葉を素直に受けいれることができずにいた。

愛機を残らず失っているのに、生き恥をさらしてまで帰還する神経は理解できない――本心ではそう考えているのではないか。勘ぐってしまうものだから、素直に受けいれることができない。陰鬱な表情を浮かべたまま、無言ですれ違うだけだ。

しかしこれは、彼らの考えすぎだろう。長くつづいた戦は、将兵の認識を変化させていた。単純な不文律で搭乗員の行動が、縛られていた時代は終わったといえる。確かに以前は愛機が被弾して帰投が困難になれば、自爆するものと決まっていた。

ところが最近は、かなり状況が変化していた。状況次第では愛機を捨てて、搭乗員だけが脱出することもありえた。航空機と同様に――ときには戦闘機械としての機体よりも、熟練した搭乗員の方が大事だとする考え方が正論とみなされることもあった。

ときには出撃をひかえた搭乗員を前にして「生還が何よりも大事。次の出撃まで戦力を維持できれば、それが一番の手柄」と訓辞をあたえる指揮官もいた。最初に公言したのは陸軍の飛行戦隊幹部らしいが、いまでは陸海軍の航空隊ばかりか海兵隊でも囁かれていた。

ところが当事者である搭乗員自身は、そのような風潮をことさら無視していた。命を捨ててかかる潔さこそが、搭乗員の心意気だと信じているようだ。だから不可抗力とはいえ、愛機を捨てて逃げて帰ってきたのは卑怯未練な行為になる。

ただ、この件について他の搭乗員たちと話す機会はなかった。自縄自縛におちいって、身動きがとれなくなったともいえる。搭乗員の待機所に集合するよう命じられたものの、全員が何をするでもなく黙りこんでいる。

まるで地獄の入り口で閻魔《えんま》の裁きを待つ亡者だと、常念寺二飛曹は思った。全員が葬式のように陰気な顔をしているものだから、部屋に近づく者はいなかった。たまに間違えて勢いよく戸を開く者もいたが、すぐに視線をそらしてそそくさと立ち去った。

部屋を間違えた者の大部分は言い訳を口にしていたが、なかには念仏を唱えている者もいた。戦死者の霊なら神様あつかいだから、妖怪か魑魅魍魎の類と間違えたのだろう。そんな状態で放置されていたものだから、常念寺二飛曹も次第に追いこまれていった。

通常なら帰投の直後に戦闘の報告をするのだが、それは先に帰着した士官搭乗員や先任下士官がすませている。あらためて室内の顔ぶれを確かめたが、何の用で集められたのか見当がつかなかった。

硫黄島から帰還した搭乗員のなかから、特に技量優秀者ばかりを集めたわけではなさそうだ。かといって単機の格闘戦ではそれほどめだたないが、戦闘機小隊を指揮する程度なら充分に使える存在というわけでもない。

別に基準などはなく、おなじ輸送機に同乗した搭乗員を集合させただけかもしれない。さもなければ失っても惜しくない消耗品と同程度の、雑兵《ざっぺい》ばかりを集めたのかと思った。

長く待たされたせいで、苛立ちが次第に形をかえつつあった。事情のわからないもどかしさから、低い声で口論をはじめている者たちもいた。自分たちはこのまま翼を奪われるのか、航空隊から放逐されて娑婆の労働現場に送りこまれるのではないか。

口論の流れから、誰かがそんな言葉を口にした。低くて聞きとりにくい声だったが、居あわせた全員の耳にとどいたようだ。今回の敗北は不名誉な記憶として、語りつがれていくはずだ。その共通認識があるものだから、神経が過敏になっていたのかもしれない。

普段は聞き逃すような声でも、明瞭に伝わってきた。そして全員の胸に、深々と突き刺さった。陰気だった室内が、さらに暗くなった。このまま放置されれば、本当に精神が破綻してしまうかもしれない。

一室に詰めこまれたせいか、悪い方にばかり想像が働くようだ。現実的にいって自分たち程度の搭乗員なら、代わりはいくらでもいる。突出した技能などないのだから、せめて死に際くらいは綺麗にしたかった。しかし、この分ではそれも期待できそうにない。

若い世代の搭乗員には、十代の頃から天才的な技量を発揮する者もいるらしい。新しい搭乗員の教育制度では、それが可能だった。航空戦力の大幅な増強にそなえて、各地の練習航空隊は機能を向上させていた。

教育課程は抜本的に見直され、課業の効率向上が徹底された。その結果、従来の水準を維持したまま教育期間を短縮することに成功していた。搭乗員の養成は、伝統的に少数精鋭方式を踏襲している。教官一人が対応できる飛行練習生の数は、少人数でしかない。

そのため一時は熟練搭乗員の不足から、航空戦力の先細りが懸念されていた。搭乗員の新規養成と前線における航空戦力増強は、相反する方向性を有していたからだ。搭乗員の養成に力を入れすぎると前線の航空戦力が低下し、その逆の場合は将来に不安を残す。

だがそれも、現在は解消しつつある。ただし実際には、問題解決の方向がみえたという程度だった。米軍航空隊の圧倒的な航空戦力と対峙するには、解決すべき問題点は多かった。受け入れ側の練習航空隊を拡充しても、質の高い練習生を集めなければ意味がない。

すでに飛行予科練習生の受験資格は、限界ちかくまで引き下げられていた。さらに効率を向上させるには、これまで導入に消極的だった特別進級——婆婆の学校における「飛び級」を認めるしかない。

当然のことながら、異論はあった。婆婆の一般的な学校は座学が主体だから、飛び級もありえる。しかし若年の飛行練習生には、体力的に無理が生じる上に危険でさえあった。だが練習航空隊の訓練計画を調整すれば、不可能ではないはずだ。

もしこれが成功すれば、一部の練習航空隊で導入された女子搭乗員の訓練計画にも応用できる。初期計画では後方輸送任務や連絡便の乗務に限定されるが、現在の情勢がつづけば戦闘にも積極的に投入されるだろう。

自分たちのような「味噌汁の数」だけが多い役立たずは、いずれ淘汰されていくのではないか。十代前半の洟たれ搭乗員やセーラー服にスカートの女子搭乗員が、肩で風を切って基地内を我が物顔でのし歩く時代が本当にくるのかもしれない。

想像するだけで、暗澹とした気分になった。その直後に、音をたてて戸が開いた。また誰かが部屋を間違えたのかと思って、常念寺二飛曹はそっぽをむいた。引導をわたすのなら早くやってほしかった。他の者も同じらしい。ふてくされて大欠伸をしている者もいた。

なんとなく妙だと気づくのに、それほど時間はかからなかった。新しい来訪者は退散する気配がなく、部屋に踏みこんでくる。一人ではなかった。複数の足音が、重なりあって伝わってくる。何か大きなものを搬入しているらしく、全員が呼吸をあわせていた。

それでようやく、常念寺二飛曹は興味をひかれた。他の搭乗員も同様らしく、怪訝そうな顔で何が起きているのか確かめようとしている。ところが彼らが眼にしたのは、海軍航空隊の陸上基地らしくない光景だった。

常念寺二飛曹は、狐か狸に化かされた気分だった。室内に入ってきたのは、陸軍将校に指揮された数人の下士官兵だった。兵たちは茣蓙《ござ》と荒縄で荷造りした大荷物を、部屋に運びこんでいた。壊れ物らしく、細心の注意を払っている。

兵たちは荷をおろすと、足ばやに部屋から出ていった。立ち去るのかと思ったら、閉じた扉ごしに気配が伝わってくる。遠ざかる足音は聞こえなかった。よほど大事なものが運びこまれたのか、立哨の態勢をとっているようだ。

室内に残っているのは運びこまれた大荷物と指揮していた陸軍将校、そして遅れて入室した民間人らしき人物だけだった。常念寺二飛曹はじめ海軍の搭乗員たちは、毒気を抜かれたかのように言葉を失っている。

陸軍将校と民間人は頓着しなかった。民間人が手ばやく搭乗員の人数を確認して、陸軍将校に報告した。それを受けた将校が、搭乗員たちに宣言した。

「この部屋は封鎖される。以後は作業の終了まで、一切の出入りを禁ずる」

応じる者はいなかった。誰も将校の言葉を理解できなかったのだ。

**2**

いかにも寄せ集めで、員数を揃えただけの航空機群だった。

主力をなす機種は、常念寺二飛曹らには馴染みのある零式艦上戦闘機だった。ところがよくみると、零式艦戦を改造した単発複座の練習機も混じっている。さらに薄闇のせいでわかりづらいが、遠くの方には大型の双発機らしきものが駐機されていた。

おそらく周辺の基地から、大急ぎでかき集めたのだろう。機体の塗装がまちまちで、統一感は欠片《かけら》ほどもない。尾翼の部隊番号もそのままか、ペンキで乱暴に塗りつぶしてあった。厚木基地を次の作戦にそなえた集結地として、準備をすすめていたようだ。

簡易な掩体《えんたい》さえ構築されていないのは、そのせいだと考えられる。長く駐留する予定はなく、編成が完了すれば前線にむけて移動を開始するようだ。だから爆風よけの掩体など、構築するまでもない——その程度に考えているのではないか。

結果的に寄せ集めの機体が、露天のまま飛行場の片隅に駐機された。もしも空襲されたら、呆気なく全機が炎上しそうな脆弱さをかかえていた。状況を把握した常念寺二飛曹は、古傷がうずくような痛みを感じた。おそらく他の搭乗員たちも、同様だったと思われる。

なすすべもなく愛機を失った直後だから、まだ痛みは癒されていなかった。寒々しい光景だった。すでに陽光は途切れ、冬のみじかい一日は暮れようとしている。西の空から残照が消えるまで、それほど時間はかからないだろう。

出撃の準備は、闇が深くなる前に整える必要があった。ところが機材や人員が入りまじっていて、部隊指揮官が誰なのかもわからない。陸海軍の混成部隊になるらしく、陸軍仕様の航空衣を着こんだ搭乗員らしき人かげもみかけた。

不可解な話だった。海軍機と陸軍機では、基本構造や操縦方式に大きな違いがある。海軍航空隊の熟練操縦員であっても、陸軍機の飛行特性を読み取るのは困難だった。意思疎通も思うにまかせないから、戦闘以前に事故が発生するかもしれない。

陸海軍の航空隊が、それぞれ独自の目標を攻撃するのなら理解できる。攻撃目標が違うのだから、単なる同時攻撃とかわらない。陸軍機の一部乗員を、海軍の偵察員に入れかえる場合もおなじだった。搭載機器を慣れたものに交換するだけで対処できる。

だが操縦系統自体がことなる陸軍機と、緊密に連携して共同作戦を実施するのは無理がある。

よほどの熟練者でなければ、編隊を組むことさえ難しいのではないか。まして戦闘時には、一瞬の判断の遅れが命取りになる。危険きわまりない行為と、いわざるを得ない。

　状況がわからない苛立ちをおさえて、周囲に眼をむけた。遠くにみえる双発機以外に、陸軍機らしきものは見当たらない。海軍の一式陸上攻撃機に似ているが、それよりも胴体が細く精悍な印象を受ける。おそらく陸軍四式重爆撃機「飛龍《ひりゅう》」だろう。

　周囲には機つきの整備員らしき人かげが群がっている。緊急出動にそなえて、臨時の編成地である厚木に飛来したらしい。それにしては、人数が多すぎる気がした。不審に思ってよくみると、操縦者らしき要員が手伝っていた。陸軍仕様の航空衣に、救命胴衣を装着している。

　洋上飛行を計画しているのかと、常念寺二飛曹は思った。最近では陸軍機も積極的に、洋上哨戒や船団護衛を実施するようになった。おなじ駐機場内に零式艦上戦闘機が集められているのは、洋上進出する飛龍の護衛が目的かもしれない。

　それで一度は納得しかけた。だが高速巡航が可能な飛龍の護衛に、旧式化した零式艦戦を配置するのは無理があるのではないか。まして本来は単座戦闘機である零式艦戦を、複座に改造した練習機では同航することも困難だろう。

　あらためて確認したが、海軍機の主力は旧式化した零式艦戦だった。硫黄島に進出した零式艦戦が撃破された直後のことだから、短期間で新鋭機が調達できる状況ではなかったのだろう。かといって零式艦戦の搭乗員を、別の機種に乗りかえさせる時間もなかった。

苦肉の策として慣れ親しんだ零式艦戦と、飛龍を組みあわせようとした。何をする気なのか不明だが、型式にとらわれなければ初期型の零式艦戦は比較的入手しやすい。廃棄処分寸前の零式艦戦なら、どこの海軍航空隊基地でも何機かは放置されている。

無論、型式が古いとエンジン出力も低下する。航空機としての性能諸元は、最新鋭機にくらべて格段に落ちるはずだ。ことに複座に改造された練習機は、他の機と編隊を組むのは困難だと思われる。改造によって速度や運動性能は低下、武装も減じている。

ことに空気抵抗の増大が予想をこえていれば、編隊主力に追随できないまま脱落する可能性があった。問題はそれだけではない。機体の多くには弾痕が残っていた。応急修理は終えているが、傷跡によって生じる空気抵抗は無視できないはずだ。

おそらく発進時に緊密な編隊を組んでも、予想戦場に達するころには隊列が大きく乱れている。しかも製造された時代が古く、酷使による劣化も無視できない。巡航速度の低下は、予測を大きくこえて進展していると思われる。

この点を上層部は、理解しているのかどうか。航空機の性能が揃っていなければ、戦場への投入時刻にばらつきが生じて戦力の集中が不可能になる。ということは、各個撃破される危険も増大する。

——では自分たちは、何を期待されているのか。

あるいは何を、させられようとしているのか。

漠然とした不安を感じて、陸軍機の駐機領域に眼をむけた。すでに夕陽は沈んでいたが、主翼をならべた二機の飛龍では現在も作業が継続していた。淡い灯りが、機体側面の窓ごしに垣間みえる。

　整備員に混じって、陸軍航空技術研究所の手《て》取澤《どりざわ》技術中佐の姿も確認できた。貨物自動車を横づけにして、大荷物を運びこもうとしている。装備品として、飛龍に搭載するつもりのようだ。

　人眼につかせないための配慮か、荷物の上からばっさりと茣蓙をかけている。それをみたことで、荷物の正体がわかった。ここに来る前に間近でみた「高機動統合型方位盤」らしい。ある種の射撃管制装置だというが、常念寺二飛曹にはまったく理解できなかった。

　二飛曹に限ったことではない。おなじ部屋に閉じこめられて中佐の講義を聞く羽目になった搭乗員の全員が、狐につままれたような顔をしていた。よほど時間がないのか、手取澤技術中佐の説明は恐ろしく簡略なものだった。

　装置の基本構造や作動原理などの説明は、無視に近い形で徹底的に省略していた。そのかわり機器の操作方法や基本的な数値の読み取り方などを念入りに説明した。充分な時間さえあれば搭乗員の全員に機器を操作させて、習熟度を確認していたかもしれない。

　だが手取澤技術中佐の、熱心だが慌ただしい講義は唐突に終了した。時計を気にしていた中佐が、何の前触れもなく解説を打ち切ったのだ。その時には、もう室外の兵に声をかけていた。間髪を入れず扉が開いたが、中佐は足をとめたままだった。

足をとめていたのは、わずかな時間でしかなかった。ふり返った中佐は、室内の全搭乗員に眼をむけていった。

「出撃は今夜半ごろになる。正確な発進時刻は、状況を確認ののち決定する。機体は用意してあるから、搭乗員は各自の責任において準備をすすめるように。以上だ」

それが本当の終わりだった。話し終えたときには、もう中佐は室外に去っていた。質問をする余裕もなかった。しかし重要な事実を、ひとつだけ明らかにしていった。硫黄島から引きあげてきた搭乗員たちは、また飛べるらしい。

ただし判明したのは、出撃時刻だけだ。運びこまれた射撃管制装置が、どう関わってくるのか見当もつかない。どのみち詳細な状況を、確かめる余裕もなかった。搭乗員たちの視線が、苦労人らしい民間人の技術者——阿藤《あとう》技師に集中した。

軍用機の電装機器を製作する会社で、新製品の開発を担当しているらしい。熱心で配慮のいきとどいた解説が、期待できそうだ。ただし時間は、やはり限定されていた。一分もたたないうちに、先ほどとは別の陸軍兵が入室した。

射撃管制装置を別の部屋に移動するから、見学を打ち切ってほしいといっている。常念寺二飛曹は驚いた。阿藤技師の解説は、開始されたばかりだった。ようやく現物を前にして、具体的な操作方法を確認しかけた矢先だった。

拒否することは、できなかった。中途半端な気分のまま、全員がぞろぞろと滑走路にむかった。手取澤技術中佐の言葉を、疑っていたわけではない。全面的に信頼するほど、中佐のことをよく知らなかっただけだ。

疑心暗鬼に陥っていたのは、常念寺二飛曹だけではなかった。聞きたいことは山ほどあるのに、誰も質問を口にしようとはしなかった。阿藤技師を取り囲むようにして、滑走路の端を歩いていく。そして彼らは、一斉に声をあげた。

薄闇がたちこめた滑走路ごしに、多数の機影がならんでいたのだ。輸送機で着陸したときには、そんな機影など存在しなかった。大部分が零式艦戦だから、厚木および周辺基地の格納庫に眠っていた機体をかき集めたのだろう。

飛龍だけは陸軍基地から飛来したのだと思われるが、陸軍の多発機に関しては些末な事項といえた。喉の奥まで出かかった歓声を、なんとか呑みこんで乗機に近づいた。そしてひそかに、落胆の息を漏らした。

そこに置かれていたのは、傷だらけで骨董品のような零式艦上戦闘機群だった。

「博物館から、盗んできたのか」

思わずそんな言葉を、口にしていた。独白のつもりだったが、その声は意外とよく響いた。反発するものはいなかった。誰もが同じことを考えていたようだ。

## 3

阿藤技師は独特の方法で、新たに導入した装置の使い方を搭乗員に理解させた。

最初に海軍の搭乗員を夜間戦闘機隊と空中指揮要員に分割し、それぞれに零式艦戦および零式練戦を乗機として割りあてた。阿藤技師自身にそんな権限はないが、異議を口にするものはいなかった。

訓練であることを強調しなくても、搭乗員たちは従順だった。阿藤技師の指示にしたがって、指定された機の操縦席に乗りこんでいく。常念寺二飛曹には、その理由が痛いほどよくわかった。まだ事情が把握できずにいるから、大人しくしているしかないのだ。

ここで揉め事を起こすと、搭乗員に復帰する機会を逃すかもしれない——そんな打算が働いていたのではないか。時間的な余裕もなかった。実戦を想定した訓練という言葉も、反対意見を口にしづらくしていた。

それに加えて、阿藤技師の人選も妥当だった。夜間戦闘機隊の主力は、二個小隊八機の零式艦戦で構成されていた。実戦に投入しうる単座零戦が、八機しかなかったのだ。あぶれた者には、複座の練習機が割りあてられた。しかし、それでもまだ操縦員がある。

どうするのかと思っていたら、練習機の後席が割りふられた。練習機だから教官用の座席になるが、戦闘時には偵察員席——俗にいう「射爆」席だった。海軍航空隊の操縦員《パイロット》としては屈辱的な扱いだが、今度も不満の声はあがらなかった。

後席をあたえられたのが、最若年の搭乗員だったからだ。ここで異議をとなえると、先任搭乗員の一人が操縦員席を失う。異議をとなえた若年兵《ジャク》を単座零戦の操縦員に昇格させると、入れかわりに「射爆」に転落するものが出てくる。

そのような事情を察しているから、あえて波風をたてなかったのだろう。阿藤技師の考えは読みとれないが、最善の選択をしたのは間違いない。だが常念寺二飛曹がそのことに気づいたのは、かなり後になってからだった。

意外なことに手取澤中佐は、今夜のうちに行動を開始する気でいた。仮編成された夜間戦闘機隊で硫黄島上空に進出し、ブラックウィドウをはじめとする敵夜間戦闘機群を駆逐する。夜間の制空権を、取りもどすためだ。

だが現在では第一線機ではなくなった初期型の零式艦戦と、夜間飛行が可能な程度の練度は有するものの突出した技量などない平凡な搭乗員だけで何ができるのか。常念寺二飛曹にはわからなかった。自信もないが、阿藤技師には確信があるようだ。

いずれ熟練を要する特殊技術や、危険な作業の大半を機械が片づけてくれる時代がくる。今はまだ理想にはほど遠いが、試行錯誤をくり返すうちに少しずつ目標に近づいていく。そう考えているらしい。

零式艦戦の整備と出撃準備を手がける一方で、実機を使った戦闘訓練が開始された。といっても、使用するのは通信機だけだ。飛龍の機内に移動した阿藤技師と交信しながら、最新の情報と次の行動を送受信していく。

操縦しながら情報の送受信をすることになるから、使えるのは無線電話だけだ。無論その間にも機体やエンジンの整備はつづいている。ときおりエンジンの爆音や、整備員の怒鳴り声なども伝わってくる。ただ無線電話の有効交信距離は、あまり大きくない。

飛龍に搭載した射撃管制装置で敵機の位置を測定しても、指揮下の零式艦戦に情報が伝わらないのだ。交信可能距離をこえているからだが、

零式練習用戦闘機改造夜間戦闘機

その場合は複座の零戦が中継することになっている。

しかし実戦でそんな方法が通用するのか、今のところ誰にもわからなかった。少なくとも地上試験では、判定できないだろう。それでも阿藤技師からは、楽観している様子しか伝わってこない。

今回は時間がなく次にまわされたが、複座零戦には多くの可能性があると考えているらしい。調達された二機の複座零戦には翼内固定機銃がなく、胴体内の七・七ミリ機銃二挺だけが残されている。これに三〇ミリ程度の大口径機銃を、搭載することは可能だった。

単座零戦に斜め機銃を装備した試製兵器もあるというが、複座機では重心がずれる可能性がある。むしろ無誘導対空ロケット弾の装備が現実的だろう。飛龍に搭載された射撃管制装置の簡易型を開発すれば、複座零戦を中核にした独立戦闘単位になる。

原型は艦上戦闘機だから、空母の夜間防空にも利用できる。運用の手順など研究すべき点は多いが、可能性は大きく広がっていた。ただしその前に、片づけておくべきことがあった。飛龍を夜間戦闘指揮機とした広域防空態勢の、展開手順を確立しなければならない。

時間は限られていた。離陸前の地上訓練時に、できるかぎり問題点を整理しておく必要がある。ところが最初のうちは、全員が問題を軽視していた。地上に停止している機内で、無線電話だけを使って戦闘訓練をするのだ。

これでは子供の「戦争ごっこ」と大差ない。さもなければ「畳の上の水練」で、実戦の役に立つとは思えなかった。だがこれは、大きな間違いだった。第一段階の基本動作である情報受信さえ、容易にはできなかったのだ。

理由は単純なものだった。自機の体勢を直感的に把握する癖がついているから、計器類に眼をむける必要がなかったのだ。最後の瞬間に確認する程度で充分だったし、体にかかる荷重や水平線の傾斜などは戦闘機乗りなら普通に共有している。

無論エンジンの振動や爆音、さらに排気の色や操縦室内に伝わってくる油温なども感じとっている。だから正確な高度や針路を問われても、咄嗟には返答できなかった。わかっているのは「巡航飛行に最適な上限高度」という曖昧なものだった。

そんな状況では、言葉による交信はかえって厄介だった。かといって単座機では、電信による交信が常用できず暗号も使えない。口頭で状況を知らせるだけなら単純でわかりやすいが、傍受される危険はまぬがれない。

したがって重要な部分は、符丁を使うよう指示されていた。これも慣れていないと、すぐには変換できない。ことに場数を踏んだ古参の搭乗員は、予想外の時間がかかった。かえって経験の少ない若い兵の方が、驚くほど早く順応した。

どうなることかと思ったが、対処方針がわかれば後は楽だった。要するに古参搭乗員の状況認識を、視覚的に理解すればいいのだ。たとえば計器の表示を、かすかな指針の動きとともに記憶するのだ。そうすることで、混信や誤操作は次第に減少した。

最初はそのことが理解できず、列機との情報交換が追いつかなかった。だがそれも、時間とともに解消した。自然におさまったのではない。指示を聞きのがして再送依頼をくり返す古参搭乗員に、複座零戦の後席搭乗員が助け舟を出したのだ。

それで基本的な動作確認はできたが、本格的な準備作業はまだ始まってもいなかった。終わったのは第一段階だけで、さらに作業量の多い第二段階が控えていたのだ。そして第二段階に入ったところで、新たな混乱が始まった。

このときまでに阿藤技師は、夜間戦闘機隊の編成をより実戦に近い形にあらためていた。二機の飛龍に情報を集中させた上で、一個小隊四機の単座零戦と複座零戦一機を指揮下においていた。手取澤中佐と阿藤技師は飛龍を離れ、厚木海軍航空隊基地で待機していた。

二機の飛龍は固有の乗員のみで運用され、阿藤技師が担当していた空中指揮および情報中継は飛龍航法員の篠河原《しのがわら》伍長に移行する。飛龍の二番機でも同様の動きがあったはずだが、独立した情報単位だから常念寺二飛曹に詳細はわからない。

厚木基地に移動した二人は、引きつづき系外から戦闘機群の動きを見守っていた。編成途上の実験部隊に問題が発生したら、その場で陣容を立て直すためだ。未完成な迎撃態勢を修正強化して、汎用性を高めるためでもある。

第二段階の動作確認は、簡易な図上演習の形をとっていた。あらかじめ決められた想定内で、課題をといていくことになる。最初は単純な反航戦だった。単機で接近中のブラックウィドウを、一個小隊四機の単座零戦で迎撃することになる。

滑走路ちかくの駐機場から一センチも動いていないのに、ひどく疲れた気分になっていた。簡素なものとはいえ、これから図上演習をおこなうという。どうなることかと思っていたら、最初に模範解答らしきものが配られた。

二機ずつ二組にわかれた単座零戦が、二方向からブラックウィドウを挟撃する手順になっていた。よほど技量に差がなければ、日本側が有利な状況下で終わるはずだった。ただし配られた解答には、そこまで記載されていない。

挟撃するための針路や速度などは、常念寺二飛曹が決めなければならない。特に記載がない場合は気象条件等はおなじで、指定領域に顕著な気流や雲の発生はみられない。しかも両者の間に高度差はないから、どちらが有利ということもなかった。

すでに筋書きが決まっているかのようだが、ブラックウィドウの動きは複座零戦が担当する。油断すると四対一でも、取り逃す可能性はあった。そして手取澤中佐と阿藤技師を裁定官に、簡易演習が実施された。

この状況下で先に敵を発見するのは、日本側の飛龍であるはずだった。機載の広域捜索電波警戒機を搭載しているのは、飛龍だけだからだ。ブラックウィドウや零式艦戦は、有効探査距離四千メートル前後の接敵用電探だけを搭載していた。

日本軍機には味方電探の探信波を反射するレピータや、米軍機の機載レーダー波長に特化した逆探も搭載されていた。飛龍に搭載された大出力広域捜索電波警戒機で敵機の位置と高度を測定し、零式艦戦に情報を伝えて挟撃させるのが基本的な戦術だった。

無論、零式艦戦は敵機の間近に接近するまで電波探信儀を使わない。逆探だけを使って、死角から忍びよる。機体の数で四倍、搭載された機銃の総数でも二倍の優位を維持している。最後の攻撃時に接敵用電探を起動させれば、万にひとつも逃すことはない。

そのはずだった。しかしブラックウィドウは、包囲網を尻目にするりと逃げた。事情はわからない。予想外のことで、裁定官にも判断がつかないようだ。詳細な状況を確認するのに、時間がかかっているのだろう。

混乱がつづく中で、時間は容赦なくすぎていった。

すでに現地時間で午後一〇時に近かったが、夜間戦闘機隊は出撃できずにいた。準備作業は大きく遅れ、行き場のない搭乗員は機内に閉じこめられたままだった。誰もが疲労困憊して、身動きが取れなかった。

それにも関わらず、体を休めることもできない。交代で短い休息しかとれなかった。誰もが疲労の極に達していた。主計兵が持ちこんだ握り飯に、手をつける余裕もない。それでも倒れる者が出なかったのは、今夜は出撃しないだろうという読みがあったからだ。

こんな状態で出撃すれば、戦闘開始前に全員が事故死する。予想戦場に到着するよりも前に、力つきて操縦を誤りそうだった。しかも出撃予定時刻が迫っているのに、第二段階の動作確認がまだ終わっていなかった。これでは出撃しても、意味がないだろう。

動作確認を出撃前にすませておくのは、未知の戦場に慣れるためだ。だが何度くり返しても、現実との乖離は埋められなかった。時間がすぎるにつれて、不整合がひどくなっていく。そしてついには、模範解答に入りこめなくなった。

そのせいで、自分に自信が持てなくなった。仮想世界の戦闘を追体験するうちに、居場所がわからなくなっていた。そしてついに、記憶が飛びはじめた。断続的に仮眠をくり返しているらしく、エンジンの爆音が切れ切れに聞こえてくる。

突然、肩を大きくゆすられた。

暴力的な動作だった。しかも容赦がなかった。エンジンの回転にともなう爆音は、複数の音源が重なりあって聞こえてくる。零式艦戦の爆音とは、まったく違う音だった。少なくとも初期型零戦の、栄《さかえ》エンジンではなさそうだ。

それよりも気筒の数がずっと多く、しかも二千馬力級の大出力エンジンのようだ。一基だけではなかった。二基が搭載されているようだ。陸軍仕様のハ一〇四らしい。一時的にせよ、厚木に駐留している陸軍の双発機は飛龍だけだ。

事実を認識したことで、眠気が一気に吹き飛んだ。その鼻先を、黒い影が高速で通りすぎていった。飛龍の一番機らしい。その時には、体が反応していた。整備員が心配そうに身を乗りだして、常念寺二飛曹の名を呼んでいる。

常念寺二飛曹も負けずに大声で応じた。整備員は表情をやわらげて身を引いた。二飛曹はすばやく計器類と座席まわりの点検をすませた。どこにも異常のないことを確認して、整備員に合図を送った。整備員は安心した様子で、地上に飛び降りた。

その動きを眼で追いながら二飛曹は告げた。

「前はなれ。スイッチ・オフ。イナーシャまわせ」

充実した気力が、声に気迫をあたえていた。整備員の動きにも、無駄はなかった。すぐにエンジンが始動し、プロペラが回転を始めた。問題となるような異音は、発生していない。油温も適正だから、燃料消費は低く抑えられそうだ。

そのことを確認して、滑走路に乗り入れた。一時は出撃するだけの気力も失せていたが、いまでは自分でも信じられないほど回復している。この分なら支障なく、黒衣の未亡人《ブラックウィドウ》狩りができるのではないか。

そう考えた。だが常念寺二飛曹は、肝心なことを忘れていた。第二段階の動作確認に入った直後から生じていた混乱は、いまも消えずに残っていた。このまま放置すれば、いずれ重大事故が発生する。それも起きてはならない時に、起きるはずのない場所で。

## 4

日本本土に対する空襲は、今後さらに激化が予想された。

陸海軍の航空隊が、手をこまねいていたわけではない。既存航空機の改造型ではあるものの、夜間防空戦闘に特化した航空機を投入して実績を残していた。しかし陸上偵察機や複座戦闘機を改造した初期の夜間戦闘機は、いずれも性能不足がめだちはじめていた。

高速で侵入する米陸軍重爆撃機ボーイングＢ29には、海軍航空隊の「月光《げっこう》」や陸軍の双発複座戦闘機「屠龍《とりゅう》」は追いつけないのだ。さらに米軍航空隊は強力な夜間戦闘機群を投入して、夜戦における日本軍航空隊の反撃を封じようとしていた。

米軍航空隊が今後どのような戦略方針を選択するのか、いまの段階で予想するのは困難だった。増強をつづけるＢ29重爆撃機群は、本土に昼間襲来をくり返すのか夜間爆撃に移行するのか。たしかな証拠はないものの、米軍の考えていることは容易に想像できた。

米軍が日本軍の夜襲を、極度に恐れているのは動かしがたい事実だった。戦力不足が慢性化している日本軍は、奇襲としての夜襲に頼らざるをえなかった。航空戦闘でも同様の状況と考えれば、対抗策としての夜間戦闘機隊を充実させるのではないか。

それが硫黄島における米軍の夜間空襲に、つながったのだと思われる。日本軍も月光や屠龍にかわる新型の夜間戦闘機を実戦投入していたが、いずれも改造機でブラックウィドウのような夜間戦闘専用機は望むべくもなかった。

改造機では、最初から限界があるのだ。ブラックウィドウに対抗できる夜間戦闘機を、短期間に安価で量産する方法はないか。そんな現実を無視した声が、前線の部隊からあがっていた。普通なら夢物語で終わるところだが、瓢箪から駒ということもある。

今では夜間戦闘機に欠かせない斜め銃（上向き砲）も、元をただせば現在三〇二航空隊司令の小園安名大佐が思いついたものだった。現場を知っている者たちが知恵を絞れば、いい考えが浮かぶかもしれない。

　同様の発想による兵器開発は、陸軍の航空技術研究所でも具体化しつつあった。こちらの方は生産されたものの、実際には使用されていない機材の活用を目論んでいた。ただ用兵側の認識は充分とはいえず、実現が困難な構想や荒唐無稽な主張も少なくなかった。

　日本の技術水準に対する認識不足、あるいは過大評価と思える要求も珍しくなかった。それを技研の原案として、手取澤中佐が取りまとめた。百出する要求や無責任な思いつきを真剣に検討し、吟味した上で取捨選択したのだ。そして矛盾のない設計案に仕上げた。

　何度も大鉈をふるった結果だった。しかし阿藤技師が具体的な設計に着手するまでには、さらに大胆な改変が必要だった。技術開発の手順を理解している人材も、時間も充分ではなかった。そんな状況下で完成させたにしては、完璧以上の出来といえた。

　ただし、予算はかけていない。投入する航空機や搭乗員は、夜間戦闘に特化したものではなかった。それどころか昼間戦闘でさえ能力不足で、囮《おとり》にしか使えない代物だった。いずれも時代遅れの旧式機で、失われても惜しくない機体ばかりだった。

　搭乗員の能力も、あまり期待されていないようだ。阿藤技師自身が「なみの技量を有する搭乗員なら、問題なく装置をあつかえる」と公言していた。明言はさけたものの「よほどの馬鹿でなければ使える」といいたいのだろう。

　あの部屋で、はじめて方位盤をみた時のことだ。現在では一撃離脱戦法を得意とする重戦闘機が空戦の主流であり、覇者となっている。その一方で名機と呼ばれた零式艦戦は、軽戦闘機であるため基地の片隅で埃をかぶっていた。

最初の発想がその程度だから、兵器体系としての「高機動統合型方位盤」は凡庸なものだった。特に目あたらしい技術はふくまれておらず、原型は防空戦闘における戦勢表示板らしい。常念寺二飛曹も実物をみたわけではないが、漠然とした概念は想像できる。

防空司令部が指揮する航空隊の戦力配置は、戦勢表示板で一目瞭然となっている。防空を担当する地域の地図が台上に広げられて、指揮下の航空隊が紙型で表示されている。敵部隊については詳細が不明だから、その点を別に明記しておく。

なかでも味方部隊の動向は、正確さと即時性を重視した表示がもとめられる。離陸して戦闘に参入しているか否かの区別は、即座に見分けられるべきだった。航空隊の位置を示す紙型の表面と裏面では、おなじ図柄だが彩色の有無などで描きわけてあるのではないか。

飛龍に搭載された装置も、原理的には同一のものと考えられる。「高機動統合型方位盤」と称する一種の戦勢表示板で、台上に広げるのではなく立てたガラス板に表示するようだ。当然のことながら、ガラス板には航空隊を意味する紙型は固定できない。

一時的に固定する方法はあるが、すばやく移動するのは無理がある。ガラス板に速乾性の塗料で、文字や数値を書きこむようだ。文字を反転して書きこめば、反対側からガラスごしに読める。記入者の体で隠れることもなく、狭い機内で楽に作業できるはずだ。

最初に実物を間近でみたときには、構造はもとより用途も見当がつかなかった。だが動作確認を入念におこなった結果、詳細な機能まで「みえて」きた。これまで触れたことのない構造でも、隅々まで熟知している感覚があった。

そのせいで新たに開発されたガラス板の表示装置が、以前からあった戦勢表示板から進化したものだとは思えなかった。防空司令部の平面型表示装置と飛龍に搭載された方位盤の間には、もう一段階か二段階の標準的な完成品があるのではないか。

たとえば平面型表示装置は防空司令部を原点に、指揮下の航空隊や侵入した敵編隊の位置を座標で示していた。座標の原点となるのは防空司令部自体で、各地の広域捜索電波警戒機との位置関係も変化することがない。座標が一系統しかないから、変化しようがないのだ。

したがって敵影をとらえた電波警戒機も、防空本部とおなじ系統の座標で位置を特定できる。ということは別系統の座標系から侵入した敵航空隊も、日本側が位置情報を把握した時点で防空本部系の座標に組みこまれる。原点の数がふえても、たがいに不変なのだ。

ところが飛龍の方位盤では、原点が二個所になる。防空本部系の他に、電探を搭載している飛龍自体が第二の原点となるのだ。防空本部と飛龍は、時間が経過するにつれて相互位置が変化する。同定は容易ではないから、状況によっては二系統の座標が必要になる。

常念寺二飛曹がみた方位盤に、二系統の座標系があったかどうか不明だ。しかし何らかの形で座標系内の変換、あるいは換算がおこなわれているのは間違いない。残念なことに日本軍の機載電子機器は、米軍の機器よりも性能が落ちる。

――おそらくそれが、動作確認に影響したのだろう。

直感だった。第一段階では順調だった動きが、第二段階に着手した途端に停滞した。何故か。第二段階は簡略化された模擬演習だから、指示にしたがって動作確認をすれば模範解答どおりの結果が得られるはずだった。

それにもかかわらず、結果は一致しなかった。入力した数値に根本的な間違いがあるようだが、それ以上のことはわからない。第二段階の出題者である阿藤技師か、裁定官の手取澤中佐でなければ間違いの存在にさえ気づかないはずだ。

しかし動作確認は長時間にわたって中断し、事情の説明もないまま再開した。全員が疲労していたのに、無視する格好で強行出撃した。眠りこんでいた常念寺二飛曹が、事情説明を聞き逃した可能性はあるが、実際には何の説明もなかったのではないか。

それでも出撃を強行したのは、充分な自信があったからではないか。少なくとも最悪の事態は、避けられるはずだ。二度もつづけて零式艦戦隊が全滅したのでは、士気の低下は免れない。大きな被害が予想されるのに、送りだすことはないはずだ。

それが結論だった。常念寺二飛曹は、列機の菅谷飛長とともに上昇をつづけた。今夜は中層に雲が密集していた。巡航高度に達しても、まだ視野が開けない。月のない暗い夜だった。まだ若い月は、太陽を追ってとうに沈んでいる。

　地上基地からは、まだ何の情報も入っていなかった。不気味なほど静かで、暗い夜だった。エンジンの音さえ、ひそやかに伝わってくる。

# 第四章　黒衣の未亡人《ブラックウィドウ》殺し

## 1

第一報はサイパン島北部の、日本軍防空司令部から伝えられた。

　同島の南方海上を、単機または少数機の編隊が北上中であるという。グアムを出撃したのだと思われるが、詳細は不明だった。どのみち内地で新たな部隊を編成中の篠河原伍長には、直接の関係はなさそうだ。最初はそう考えて、気にもとめなかった。

　ところがあまり時間がすぎないうちに、伍長らの中隊が出動すると伝えられた。篠河原伍長にとっては、寝耳に水の話だった。しかも不可解な印象を受けた。探知された敵影は少ないのに、中隊が総力をあげて迎撃するという。

まだ編成途中で正式名称もなく「実験飛行中隊」とだけ呼ばれていた部隊だった。しかも前線からの情報量はわずかにもかかわらず、手取澤中佐は総力出動を決断した。よほど重要な戦略情報が、手の中にあると思われる。

指揮機の乗員とはいっても、篠河原伍長は下士官でしかない。情報源さえ極秘あつかいされる戦略情報など、欠片すら伝わってこない。ただ作戦機の乗員でもある伍長なら、必要な情報に触れる方法はあった。現地部隊の要員と、情報交換をするのだ。

マリアナ諸島の要衝ともいうべきサイパン島では、寸土を奪いあうかのような死闘が四カ月あまりも続いている。両軍の接点であり主戦場ともなる中央高地には、南にむかって視野が大きく開けた地点がいくつもあった。

対空見張りには最適の地形だが、それは電波警戒機の時代になっても変わっていない。むしろさらに価値を増していた。施設の破壊を狙った米軍の砲爆撃が途絶えることはなく、圧倒的な戦力差に押されて戦線の後退をしいられたことも一再ならずあった。

それでも日本軍守備隊は、ねばり強く抵抗を続けた。破壊された防空拠点は、辛抱強くくり返された反撃の末に再建された。その結果マリアナ諸島周辺の貴重な航空情報は、執拗につづく米軍の圧力に耐えて送信された。

午後おそい時刻になって着信した第一報に、注意を払ったものは少なかったようだ。グアムやテニアンを出撃した爆撃機が、サイパン島中央部の日本軍陣地や後方の物資集積所を空襲するのだろう。連日のようにくり返される定期便のような空襲だった。

　そのため重要視するものは、ほとんどいなかった。サイパン島の米軍占領地にも飛行場はあるが、実際の使用にはかなり制約があった。離発着の動きがあると、いち早く日本軍の監視所が察知して砲撃が開始される。

　おなじ島内にある日本軍の砲兵陣地から、戦線ごしに砲弾が撃ちこまれるのだ。ことに動きの鈍重な爆撃機は、滑走路に接近しただけで砲弾が降ってくる。サイパン島に対する空爆が、グアムやテニアンなどを拠点におこなわれることも珍しくなかった。

　続報は入電しなかったが、それも予想された動きだった。逆探知による位置の特定を嫌って、電波の発信を停止することが多かった。だから警報が途絶えたからといって、防空拠点が破壊されたとは限らない。

　空襲は連日のようにやってくるのだから、被害や反撃の評価については別途まとめればいい。普通なら、それで終わりだった。翌日になれば忘れて、細かな点までは記憶に残らないはずだった。ところが今日だけは違っていた。

　ただでさえ慌ただしい講義を途中で打ち切って、手取澤中佐が全員に告げた。今夜半に実験飛行中隊は、総力をあげて出撃すると。サイパン島から送信されてきた探知記録を詳細に追跡したところ、予想外の結果が明らかになったらしい。

　正体不明の機影はサイパン島の南方海上から接近したあと、西に変針して探知範囲外に飛び去っていた。しかし新たな針路上に米軍の支配する島嶼《とうしょ》はなく、偽装針路であることは間違いなかった。だが月のない闇夜に、航空偵察を実施するのは不自然だった。

やはり電波警戒機による探知範囲を迂回して、小笠原諸島か日本本土にむかったと考えられる。ただし米軍の情報収集は、不充分だったようだ。日本軍が常用する電波警戒機の圏外を丹念にたどりながら、結果的に無駄足を踏んでいた。

もしも燃料に余裕があれば――あるいは日本軍が多用している電波警戒機の性能を熟知していれば、意図を察知されることなどなかったはずだ。ところが情報不足が次の不手際を誘って、行動を読まれることになった。

しかし手取澤中佐が総力出撃を決意したのは、それだけが理由だとは思えない。他にも何か情報を手にしていそうだが、篠河原伍長には見当さえつかなかった。一般的な国際情勢や戦略情報を把握していなければ、理解は困難なのかもしれない。

中途半端な気がしたが、手取澤中佐は計画に自信があるようだ。出撃の直前に飛龍1（一号機）の操縦員でもある機長の坂崎《さかざき》大尉と、実質的に航法を担当する偵察員の篠河原伍長を呼んで伝えた。

「敵は大型夜間戦闘機――『黒後家』ことP61の可能性が高い。先日の硫黄島航空戦において、我が零式艦上戦闘機を全機お釈迦にした下手人である……と思う。米軍は二匹めの泥鰌《どじょう》を狙って、小癪にも第二波の『黒後家』を送りこんできおった。

正体および針路を把握された『黒後家』は一機だけだが、マリアナ方面には少なくとも八機が新規投入されたとの情報がある。そのうち二

四式重爆撃機　飛龍改造作戦指揮機

機から六機が監視態勢をすり抜けて、硫黄島に接近しつつあるようだ。父島の可能性もあるが、現時点では除外していい。

　諸氏においては油断することなく、海軍航空隊零式艦戦の仇を討ってくれ」

　妙な訓辞だと、篠河原伍長は思った。仇を討つべきなのは海軍航空隊の搭乗員で、陸軍の空中勤務者には因縁などはない。不審を感じていたら、手取澤中佐はさらに意外な言葉を口にした。

「正体不明の機影が『黒後家』である確証はない。それはこれから、検討する。ただ……判断材料としての方位盤は――」

「方位盤の不具合に関しては、私からも不手際を詫びさせていただく。本当に、申し訳ないことをした」

　謝罪しているにしては、妙に堂々とした声が割りこんだ。阿藤技師だった。持ちこんだ光学装置が分解された状態で、莫蓙の上にならべてある。周辺には工具類や電線ケーブルなどが散乱していた。それをみるだけで、何があったのか見当がついた。

　持ちこんだ「高機動統合型方位盤」を、飛龍の機内に搭載しようとして果たせなかったらしい。当初の計画では方位盤を飛龍に据えつけるだけではなく、阿藤技師自身が飛龍に乗りこんで運用方法を確認するつもりだった。

　ところが機内には、多数の機器類が隙間なく搭載されていた。最低限の自衛火器を残して、武装も撤去されていたらしい。馬鹿でかい上に両方向から透視できる方位盤を、設置する空間などなかった。

阿藤技師としては強引に積みこんで、あとから調整することを考えていたようだ。だが狭い機内に無理矢理つめこんでも、邪魔もの扱いされるだけだ。民間人が戦闘に加わることの問題もある。それ以前に、必要な電力の供給さえ無理ではないか。

仕方なく必要な部分だけを残して切りつめ、通信手席付属の作業台に据えつけた。運用方法の確認は、篠河原伍長に一任された。肝心なところが不明のまま、全責任ごと伍長に押しつけたようなものだ。

というより、最初から誰も期待していない。古参の下士官搭乗員にとっては、電波警戒機を駆使した闇夜の戦闘など想像をこえていた。それなら無理に手を出したりせず、若い者に一任すればいい。体のいい丸投げだが、そんな考え方が一般的だった。

どのみち正規の「高機動統合型方位盤」は、厚木基地の支援施設内に据えつけて阿藤技師自身が操作するのだ。寸法を切りつめた機上搭載型の方位盤とは、定期的に情報を交換して誤差を消去する方法を模索することになる。

情報交換と誤差の解消は、硫黄島やサイパンの防空拠点との間でも実施される。傍受される危険があるから暗号を組むべきだが、場合によっては作業に手間取って戦機を逸する可能性もあった。本末転倒といわざるをえないが、情報通信に暗号が必要なのかどうか。

この問題を解決するために、情報を電気信号に置きかえて送受信する方法も研究されているらしい。入力した段階で電気信号に変換されているから、電文の暗号化は必要ないはずだ。逆に受信時には、受信機が電文を認識した時点で解読が終わっている。

実現すればサイパン島の電波警戒機が把握した敵情報を、短時間のうちに小笠原近海や日本本土周辺で行動中の防空部隊と共有できることになる。防空態勢の改革は陸軍の主導で実施されるべき案件だが、情報共有の範囲は周辺海域で行動中の海軍艦艇にもおよぶ。

夢のような技術革新といわざるをえないが、米軍では部分的に実戦投入された形跡があった。これに対して日本側でも、同様の試みが完成しつつあるようだ。その第一段階として阿藤技師が開発したのが「高機動統合型方位盤」らしい。

複数の情報源から時間差をおいて入手した敵機の動きを、一元的に表示するための方位盤だった。今回は完成型が間にあわず搭載できなかったが、いくつかの機能を省略した簡易型は積みこんでいる。その方位盤を集中的に利用して、最後の動作確認が実行された。

厚木基地を発進する前の、わずかな時間を利用した慌ただしい実験だった。前提条件として組みこまれた「状況」は、サイパン島の防空司令部から送信されてきた現地情報を正確にうつしとったものだ。そのため演習の参加人員は、それほど多くない。

ただし戦力単位として、投入される航空戦力は多かった。実験飛行中隊の主力をなす零式艦戦隊はもとより、父島に駐留する海兵隊の戦闘爆撃機隊も投入される。何ごともなければ、事前に準備した模範解答どおりの筋書をたどるはずだった。

ところが結果は、予想に反するものだった。

硫黄島の周辺領域で敵機を待ち伏せしていた零式艦戦隊が、不意討ちを食らって壊滅的な打撃を受けたのだ。Ｐ61による完璧な勝利だった。零式艦戦隊は圧倒的な戦力を有しながら、戦果をあげることなく壊滅した。

予想外の結果が、すぐには信じられずにいた。だが結論にいたるまでの経緯に、間違いはなかった。模範解答とは異なる結果になって、それが安定している。見過ごすことができない状況だが、中隊としての方針に変化はなさそうだ。

出撃は既定の方針であり、手取澤中佐の決断に揺らぎはなかった。事情は説明されなかったが、中止は士気の低下しか生みださないと考えているようだ。予想を裏切る結果にしかならなかった理由について、中佐は何も話そうとしなかった。

それは篠河原伍長自身が、みつけろということらしい。中佐は楽観的だった。そして隊員たちを信頼していた。篠河原伍長はもとより、全搭乗員が期待以上の結果を出すと信じているようだ。

それに気づいたことで、伍長はようやく事態を冷静にみることができた。

## 2

混乱の原因は、単純なものだった。情報整理時の錯誤ともいえる。動作確認にともなう作業環境整備のために、敵機の夜間制空戦闘能力を客観的に評価しなければならない。空戦における戦闘力を数値化すれば早いのだが、篠河原伍長の手にあまる作業だった。

いずれにしても経験のとぼしい篠河原伍長には、P61は未知の戦闘機だった。苦肉の策として、米軍機の中から似たような機体を選んで参考にした。ただし資料不足から最適な評価基準がえられず、不明な点は日本軍機の設計思想を流用するしかなかった。

日本軍の夜間戦闘機は、軽爆撃機や陸上偵察機を改造したものが多かった。したがって空戦における性能は、原型機と大差ない。夜間戦闘機といっても専用の機体を設計したわけではないから、接敵や捜索のための電波警戒機を搭載するのに苦労していた。

だからP61ブラックウィドウにも、原型機があるものと考えた。具体的には双発の中型爆撃機——ノースアメリカンB25ミッチェル程度の寸法で、機動性は伍長らの乗機——四式重爆「飛龍」くらいに考えていた。というより、他に身近な例を知らなかったのだ。

ところが裁定官となった手取澤中佐は、もう少し現実的だが自由に考えていた。なにごとにも合理的で勝利のためには予算を惜しまない米軍が、そんな安っぽい夜間戦闘機を配備するだろうか。あえて試みようとは、しないのではないか。

それが「状況」の初期条件に生じた違いになった。篠河原伍長が「中型爆撃機なみの機体」という言葉からB25あるいは四式重爆「飛龍」の対空戦闘力を想定したのに対し、手取澤中佐は過去に例のない制空戦闘能力を有する強力な夜間戦闘部隊を創出した。

さらに前回の夜間空襲では、米軍はP61以外にも雑多な航空機を投入した形跡がある。艦載機とおぼしき単座の戦闘爆撃機や、中型爆撃機のB25なども投入されたのではないか。ただし正確なことはわからない。調べる方法もなかった。

ほとんど手探りの状態で、対抗策を考えなければならない。中隊が迎撃を計画している敵機は、サイパン島の電波警戒機をすり抜けて北上していた。その事実とB29の基地があるマリアナ諸島の動向から、硫黄島に二度めの空襲をしかけてくる可能性が高かった。

確信があったわけではない。状況が以前と似ている以外に根拠はない。捕捉された機影は夜間戦闘機P61ブラックウィドウと思われるが、たしかな証拠などなかった。電波警戒機によって明らかになるのは、そこに飛行物体が存在しているという事実だけだ。

距離や高度差はもとより、専用の反射装置なしには敵味方の識別も不可能だった。単一のレーダーで正確な位置関係を把握するのは、現在の技術力では不可能だった。ましてわずかな手がかりからP61を識別するには、充分な基礎知識と情報が必要だった。

そのことを意識したのか阿藤技師は、離陸の直前まで篠河原伍長にP61の講義をしていた。阿藤技師としては飛龍1に同乗して、実戦における使い勝手を確認したかったようだ。だが結果的に果たせず、厚木基地で方位盤の完成度を確かめるつもりでいた。

阿藤技師にとって重要なのは、戦闘の帰趨ではなく方位盤の完成度らしい。その大事な方位盤を分解して即製改造し、少年飛行兵あがりの伍長に託すのは矛盾しているように思える。しかし阿藤技師の心中では、このふたつが対立することなく共存していた。

篠河原伍長は中隊の創設当初から、阿藤技師の助手として勤務していた。農家の三男で高等教育には縁のない環境で育ったが、飛行学校在籍時の学科教育は苦にならなかった。特に成績優秀でもないのに技師の助手を続けているのは、思考が柔軟なせいかもしれない。

すでに配属先も決まっていたが、手取澤中佐が強引に引き抜いてきた。中佐の判断は正しかった。伍長自身は気づいていなかったが、斬新な発想に阿藤技師は強い刺激を受けたようだ。正規の高等教育を受けさせれば、いずれ日本の技術開発を牽引する存在になる。

さもなければ、方位盤の操作を一任することはないだろう。ただしP61との戦闘をまかせられるほど、信頼しているわけではなさそうだ。篠河原伍長はあまり深刻に考えていなかったが、阿藤技師は相当な危機感を持っている。

おそらく現実の迎撃戦闘は、伍長の予想と大きく違うものになるだろう。せいぜい四式重爆「飛龍」なみの動きをみせる中型爆撃機のつもりで待ち伏せていたら、倍の武装を搭載したP61が大馬力エンジンを高速回転させて突っこんでくるのだ。

余裕をもって叩き落とせるはずの、中型爆撃機などではなかった。それよりもはるかに戦闘力のある化け物が、牙をむいて反撃してくるのだ。P61ブラックウィドウは、それほど桁外れの怪物だった。

固有の武装だけでも二〇ミリ機関砲四挺など、零式艦戦の倍以上が搭載されていた。防御用電子機器の充実ぶりも尋常ではなく、接近する敵を早期に発見した上で撃破することが可能だという。

実験飛行中隊の主力をなす零式艦戦二個小隊八機が総がかりで銃撃しても、歯が立たないのではないか。よほど有利な態勢から急接近して、不意をつく必要がある。それにもかかわらず、準備のための時間は絶対的に不足していた。

何も決まらないまま、時間が容赦なくすぎていく。そしてすぐに、離陸の時刻になった。エンジン音が高まり、機体が闇の中に動きはじめた。すでに整備員たちは、安全な場所に退避している。先に離陸した複座零戦が、不審な機影は探知していないと伝えてきた。

深夜に近い時刻にもかかわらず、帽子をふる兵たちの数は多かった。ただ戦争が激化するにつれて、見送る者の数は以前より少なくなっているようだ。厭戦気分が蔓延しているわけではない。死と隣りあわせの日常さえ、刺激を感じなくなっているような気がする。

——それなら何故、今回にかぎって人が多いのか。

その点が、どうにも理解できなかった。もしかすると日常化した殺しあいの中に、より刺激的な出来事を求めているのかもしれない。実験飛行中隊は陸軍航空隊が主体の部隊だった。厚木海軍航空隊基地でも、異彩を放っている。

だから無意識のうちに、非日常的な出来事を求めているのかもしれない。そう考えたときだった。ふいに人垣がふたつに割れた。誰かが駆けだしてきた。阿藤技師らしい。大きく手を振って、飛龍一号機に近づこうとしている。

篠河原伍長は眼を疑った。阿藤技師は必死の形相で「離陸待て。まだ話は終わっていない。重要な話だ」などと叫んでいる。だが離陸態勢に入った機体は、誰にもとめられない。そんなことは、阿藤技師も承知しているはずだ。

それでも阿藤技師は足をとめなかった。後方では整備員たちが、声をからして制止している。さすがにみかねたのか、二人が飛びだして追いかけてきた。すでに阿藤技師は、加速しつつある機体に追いついていた。

「あとひとつだけ……これが最後だ」などといっている。

そのまま飛龍を抱きかかえて、空を飛びそうな勢いだった。放置しておくと側方機関砲座の風防ガラスをたたき壊して、機内に入りこんでくるかもしれない。回転速度をあげたプロペラが砂塵を吹き飛ばし、ただでさえ悪い視界をさらに暗くしていた。

半開きのまま閉鎖する機会を失った胴体下部の乗降扉から、砂塵とともに寒風が吹きこんでくる。阿藤技師は息を切らしながらいった。

「『黒後家』の防御態勢は……完璧だ。鉄壁の構えといえる。弱点はない。それが……弱点になる。いいか。どこから攻めても防御態勢を突破できないから――」

そこまでだった。機体に体重を預けた状態で、阿藤技師は足をもつれさせた。それ以上、併走するのは危険だった。あとを追っていた整備員たちが、力まかせに機体から引きはがそうとした。すぐに機体の速度が、阿藤技師の脚力を上まわった。

足がふらついて、今にも倒れこみそうだった。

整備員が抱えて、滑走路わきへ押しだそうとした。高速回転するプロペラ面が、凶器のように空を薙いでいる。危うく巻きこまれそうになった。からくも回避した。三人がかたまって、滑走路に倒れこんだ。

そこに後方から、二番機の飛龍が急接近してきた。その針路が、わずかにそれた。伍長の眼には、そうとしかみえなかった。錯覚かもしれない。そう思ったときには、おなじ動きがくり返された。誰かが路面に敷きつめられた砕石の欠片を、投げたらしい。それが二番機の風防に命中して、操縦員の注意をひいた。

ただ、阿藤技師らが窮地を脱したとは限らなかった。二番機の後方からは、八機の零式艦戦隊が追随してくる。不用意に速度を落とすと、中隊の稼働機はほとんどが事故に巻きこまれる。

かといって、無視して移動をつづけることもできない。倒れこんだ三人は滑走路面に身を伏せたまま、身動きひとつしない。暗くて負傷したのか、それとも無傷なのかも不明だった。そして篠河原伍長らの飛龍1は、本格的な加速を開始した。

そのときには、三人が伏せた現場は、闇につつまれていた。次第に遠ざかる現場をみながら、篠河原伍長は茫然としていた。伍長が名前を呼ばれたのは、かなり時間がすぎてからだった。何度も名前を呼ばれたらしく、機長の坂崎大尉は不機嫌そうな顔をしている。

慌てて返事をすると、坂崎大尉は無愛想な声でいった。

「阿藤技師は転倒した際の擦り傷と、右足の肉離れのみだ。若い方の整備員は、特に負傷はしていないと考えていい。もう一人の整備員は、二番機の尾輪に踏みつけられて骨にひびが入った。それだけだとしたら、さして大きな問題にはならんだろう。

航空隊にはつきものの飛行事故と考えれば、特に問題にするほどのことはなさそうだ。唾をつけておけば自然に治る。だから、このことは口外はするな。

それよりも……離陸間際の重爆を緊急停止させてまで、伝えたかったP61の弱点とは何だ。巡航高度に達する流前に電話してみたが、興奮しているとみえて一向に要領をえない。このことについて、何か心当たりはあるか」

そう話す坂崎機長の声は、冷ややかに感じるほど落ちついていた。篠河原伍長は時刻をたしかめた。飛行時間からして飛龍1は、すでに相模湾上空に抜けだしたものと思われる。離陸の直後までは使用できた無線電話は、巡航に入った時点で封印されている。

無線電話にかぎったことではない。電波を発信する一切の機器は、使用が禁じられていた。しかし使用が可能だったとしても、阿藤技師とは話が通じないのではないか。

## 3

離陸の段階で乱れた陣形は、時間がすぎても修復できなかった。

間違いなく位置を把握しているのは列機の楠《くす》田《だ》一飛機くらいのもので、指揮機の飛龍一号機でさえ正確な位置がわかっていなかった。あなどれない敵を殲滅するつもりで乗りこんできたのに、巡航飛行にそなえた陣形さえ組むことができずにいる。

——こんなことで、史上最強の夜戦といわれるP61を殲滅できるのか。

常念寺二飛曹にとっては、不安の残る出撃になった。よく考えれば、容易にわかることだ。帝国海軍航空隊といえば、世界的にみてもトップクラスの戦闘機隊だった。現在ではその神通力も低下しているが、使い方次第ではまだまだ充分に威力を発揮するはずだ。

その無敵を誇る零式艦戦隊を、陸軍機の飛龍が指揮するという。どう考えても間違っている。その上に特別編成された中隊の幹部で、協力会社の技師が危うく事故を起こしかけた。搭乗員の機転で事なきをえたが、危うく硫黄島の大被害をくり返すところだった。


闇の中を手探りで疾走するかのような飛行がつづいた。まだ視野には入っていないが、父島まではそう遠くないはずだ。本来ならここは日本軍の制空権下にあるから、米軍機も不用意には侵入してこないはずだった。

ところが先日の空襲以来、米軍機の動きは急速に活発化している。通常は対空監視レーダーの探知範囲をこえて、米軍の夜間戦闘飛行隊が進出することはなかった。夜間戦闘機の生産が追いつかず、マリアナ諸島への進駐が遅れていたようだ。

どの隊でも定数に満たない戦力で、綱渡りのような戦闘をつづけていたと思われる。常念寺二飛曹が他隊の同期下士官から聞きこんだ情報も、このことを裏づけていた。ノースロップP61ブラックウィドウは、全般的に供給が遅れているらしい。

それが最近になって、戦力の集積が進展しているという。マリアナ方面でもようやく供給が追いつくようになって、一度に八機のP61が進出したらしい。しかも日本本土に対する空襲の本格化にともなって、不足していた夜間戦闘機の強化に踏みだすともいう。

この状況を反映して、硫黄島の周辺にも頻繁にP61が進出するようになった。ただしP61ブラックウィドウに搭載されているレーダーは、空戦時に威力を発揮する接敵用だから探知距離は短い。

硫黄島の高所に対空見張り電探の基地を構築しうる日本軍に比して、不利な条件下で戦闘をしいられる。とはいえ米軍は、このような状況を決して放置しない。地上基地のレーダーを保有できないのであれば、潜水艦を投入して艦載レーダーで代用するかもしれない。

実際に米軍は撃墜された搭乗員を救助するために、危険をおかして潜水艦を予想戦場に進出させることが多い。気象観測を目的に、爆撃予定地域の天候を潜水艦に探らせることも珍しくなかった。硫黄島周辺の制空権を確保しているからといって、油断はできない。

一瞬ごとに、薄氷を踏む思いで飛行をつづけた。視力には自信がある方だが、夜間には電波探信儀の作動に感覚が慣れていた。闇夜に灯りも持たず、全力疾走しているかのようだ。落ちつかないという以上に、ひどく頼りない気分にさせられた。

すぐに夜半をすぎて、日付がかわった。しかし日付以外に、変化はない。指揮機による情報発信は随時おこなわれていたが、変化がないのだから入電もなかった。乗機に搭載された逆探にも、反応らしきものはない。

零式艦戦に搭載された接敵用の電探は、有効距離が四千メートル程度だった。攻撃に参加した零式艦戦には、すべて同一仕様の電探が搭載されている。やはり電源は落としてあるが、対空見張りレーダーで捜索されれば容易に発見されるはずだ。

常念寺二飛曹や菅谷飛長らの指揮機となる飛龍1は、零式艦戦隊の三千メートルほど後方を追随しているはずだった。飛龍1に搭載された広域捜索電探は、単独飛行する機体でも一五〇キロ遠方で探知できる。

何も起こらないまま、父島の方位信号所上空に達した。事前に示された飛行計画では、ここで編隊をといて散開することになっていた。次の目標にむけて、変針するためだ。そのころから零式艦戦隊は、徐々に高度を落としている。

存在するかもしれない敵の死角に、入りこむためだ。燃料消費量が増大するが、背に腹はかえられない。敵夜間戦闘機の不意撃ちを食らって海にたたき落とされるよりは、燃料切れで海に飛びこむ方が数倍ましだった。

前衛部隊を失った格好の飛龍1は、そのまま直線飛行をつづけている。飛龍2を指揮機とする編隊も、同様の陣容で硫黄島に接近しつつあるようだ。複座零戦の所在だけが不明だが、遊兵にはなっていないはずだ。

常念寺二飛曹は時計をたしかめた。そして眉をよせた。故障しているのかと思うほど、時間がすぎるのは遅かった。すぐに硫黄島がみえるはずだが、高度を落としたせいで視野は限られていた。雲量がふえているから、間近でなければ視認できないのではないか。

そう考えた。そのとき水平線上に、黒い塊があらわれた。硫黄島らしい。星明かりだけで見分けるのは困難だが、擂鉢山《すりばちやま》だけは容易に識別できた。その直後に、入電があった。飛龍1からの情報電だった。本文は符丁まじりの通信文で、他隊の動向を伝えている。

常念寺二飛曹は首をかしげた。口頭で送信されたにしては、単純すぎる文章だった。「空襲部隊」は、予定どおり発進したといっている。しかし符丁の使い方が甘く、傍受されるとあっさり文意を見破られそうだった。

——謀略なのか？　偽電の類なのか。

その可能性は高かった。かといって、確証もなかった。確認する方法もない。零式艦戦隊は戦闘の直前まで、機載電探や通信機の使用を禁じられている。不安をおさえきれないまま、間隔をとって巡航している菅谷飛長に眼をむけた。

上級者としては平然としているべきだが、どうも落ちつかない。なんらかの気休めが欲しいところだが、飛長の姿は暗く沈んでいた。雲の切れ間と星明かりの角度が悪く、影絵をみているかのようだ。

落胆したが、他にすることはなかった。通信機を受信状態にしたまま、米軍が主に使用する周波数帯に切りかえた。その途端に、殺気だった声が飛びこんできた。おそろしく下品で無闇に威勢がよさそうだが、さして重要な意味を有しない罵倒語が連続した。

意味を読みとろうと苦闘したのは、最初のうちだけだった。すぐに二飛曹は、翻訳の努力を放棄した。長広舌の半分以上は話し相手あるいは相手の母親を、性的に侮辱する言葉だった。その上に三度に一度は、キリストに悪罵が投げつけられた。

それだけではたりずに、聖人や使徒の類も槍玉にあげている。まるで世界が終末を迎えたかのような騒ぎだが、別に深い意味はなさそうだ。兵の出身地によっては、挨拶がわりにキリストと聖母を汚す罰当たりな集団もいるらしい。

気を取りなおして、あらためて意味を探った。話していることは、単純なものだった。要するにジャップどもが懲りることなく、空襲を計画しているらしい。だから何とかしろと、怒り心頭に発した反キリストの兄ちゃんは息巻いていた。無論、そんな事実はない。

たしかに父島には海兵隊の一式戦闘爆撃機が、一〇機あまり駐留している。だが海兵隊の航空部隊は練度が不足気味で、燃料消費量も海軍機ほど低くおさえられない。かなり危険を犯さなければ、父島から長駆してマリアナ諸島を襲撃することなど無理だった。

どうなるのかと思って聞き耳を立てていたら、下品で信心とは無縁の人物が言い負かされた。実際には命令にしたがっただけなのだが、折れたとしか聞こえなかった。もう一人の上官らしき人物が、律儀そうな口調を崩すことなくつづけた。

「硫黄島近海の海軍潜水艦を全面協力させるから、父島を発進したゼロ／ワンを殲滅せよ。『空襲部隊は事前の予定どおり発進した』との情報を入手ずみ。具体的な行動については判明次第、追報する。

既報の日本軍機については、その後あたらしい情報はない。針路および巡航速度から、硫黄島行きの輸送機だと推測される。今から追いかけても、着陸までに追いつけない。ただし放っておいても無害だろう。非武装の輸送機だから、脅威にはならないと思う」

そういって指揮官らしき人物は、交信を終えた。最後に「健闘を祈る」と声をかけたが、罰当たりな無神論者は応じなかった。一瞬の間をおいたあと「了解。ファッキン・ジャップどもに地獄《ヘルファイア》の業火を！」などと言っている。

——この罰当たりな兄ちゃんは、仏教徒なのか。

そんな気がしたが、たしかめてみる気はなかった。常念寺二飛曹はすくめていた首筋を、そろそろと伸ばした。周囲の闇を探ったが、米軍機らしきものは見当たらなかった。海面ちかくまで降下した零式艦戦に、気づくことなく飛び去ったのだろう。

あらためて記憶をたどってみると、傍受された無線電話の感度に大きな差はなかった。一方の発信源が遠く、もう一方が近いということはない。しかも無線電話だから、サイパン島からでは交信可能域をはずれている。

そして指揮官らしき人物は、攻撃目標を決定する権限を有している。したがって交信していたのはP61ブラックウィドウを主用機材とする夜間戦闘飛行隊の隊長機と、小隊長機というところではないか。

それぞれが列機を一機ずつともなった二個小隊四機が、硫黄島の周辺海域に進出していた可能性が高い。一式戦闘爆撃機（ゼロ／ワン）がマリアナ諸島の空襲を計画しているとの情報を入手して、偵察を目的に出動したのだろう。

　無論そんな計画は存在せず、米軍の夜戦隊をおびき出すための囮でしかない。しかし作戦が成功して敵夜戦隊を無力化できたら、間髪を入れずマリアナ諸島の米陸軍航空基地に夜襲をかけることも可能だった。

　そう考えていた。光るものをみたのは、その直後だった。零式艦戦らしい。複座機だった。何かを伝えようとしている――それに気づいたときには、光が明滅をはじめていた。発光信号かと、常念寺二飛曹は思った。

　右舷正横やや遠くを、光源となった複座零戦が追い越していく。常念寺機の前方に出ようとして、強引に増速したようだ。揚力が過大になっているのか、機体が浮きあがり気味だった。それを舵の操作で強引に押さえつけて、つんのめるように飛行している。

　光を放っているのは、複座零戦の後席あたりだった。信号灯を持ちこんだか、改造時に設置した機上作業用の光源を利用しているのだろう。信号は「第一小隊ハ我ニ続ケ」と読めた。まるで上級者に命令されているかのようだが、反発は感じなかった。

　いまは自然体で応じるだけだ。暗くて後席の搭乗員が誰なのか、見分けることは困難だった。それでも、見当はついた。最若年搭乗員の楠田一飛だろう。子供のような洟たれだが、全般的な状況把握さえ的確なら部隊指揮は可能だった。

　事前の動作確認が充実していれば、問題はないはずだった。時間が充分に取れず単座零戦隊は発進をいそいだが、複座機には概念以上のことを理解できる余裕があったはずだ。たとえ概念程度でも自力で理解していれば、解釈が格段に深くなる。

さらにいえば反発を感じるほど、自分が大物だという意識もなかった。ただちに翼端灯を上下に振って、複座零戦に了解の信号を返した。そして菅谷飛長機と複座零戦の間に、自機を割りこませた。常念寺二飛曹の意図を、二機は理解したようだ。

あらたに三機編隊を組み直した零式艦戦隊は、陣形を崩すことなくさらに高度を落とした。そして雲の底を抜けた。月が昇るまでには、まだかなり間があった。雲間から射しこむ淡い星明かりでは、海面の白く微かな波頭はみわけづらい。

ただ、海面高度を知る手がかりにはなった。三機は水平飛行に移行した。硫黄島らしき海岸地形はもとより、擂鉢山の稜線も見当たらない。時間経過からして、通りすぎた可能性が高い。自位置を確認したいところだが、単座機では航法も思うにまかせなかった。

自位置を確定しようとしたら、偵察員を同乗させた複座機に頼るしかない。せめて電探が使えれば手がかりになるのだが、いまだに使用許可は出ておらず電源は落としたままだった。目印ひとつない果てしない海を、闇夜に漂流しているようなものだ。

漠然とした不安を感じて、他の機影を探した。不安を打ち消すためだったが、常念寺二飛曹はすぐに眉をよせることになった。他の機影が消え失せているのだ。闇の中を不ぞろいな編隊を組んだ三機が、頼りなく飛行しているだけだ。

## 4

阿藤技師は一体、何をいいたかったのか。

飛龍1の離陸後も、篠河原伍長には理解できずにいた。ただ「弱点のないことが弱点」という言葉に、それほど深い意味があるとは思えない。単なる象徴的な意味しか持たず、それだけを取りだしても禅問答とかわるところはなさそうだ。

――それとも……予算の問題について、説いていたのか。

理解できないまま、そんなことを考えていた。完璧さを求めすぎた結果、P61は必要以上に贅沢な戦闘機になった。この件については、阿藤技師の見解を尊重すべきだろう。つい最近、阿藤技師は撃墜されたP61の残骸を調査したらしい。

それによれば電波警戒機の空中線（レーダーアンテナ）だけで、数種類が設置されていたようだ。夜間戦闘機には必須の接敵用レーダーはもとより、広域捜索レーダーも全機に標準装備されているらしい。

これに対し日本軍の実験飛行中隊には、同程度の機能を持つ電波警戒機は指揮機にしか搭載されていなかった。しかも日本軍の航空隊は、積極的かつ大規模な夜間空襲を経験したことがなかった。

したがって大規模な夜間戦闘は防御戦にならざるをえず、味方の艦艇や地上施設の支援を受けて戦うことになる。探照灯の照射や電波警戒機の情報に誘導されて標的に接近し、接敵用の電波警戒機で射点に入ったあと銃撃するのだ。

しかもP61には、電子情報の解析装置が搭載されていた。そしてアンテナ共用の形跡がみられた。搭載機器を少なくして、多くの機能を持たせるための工夫だろう。後方警戒装置や、敵味方識別装置などが確認できた。他にも未確認の機能は、多いと思われる。

当然のことながら、攻撃兵器も充分な量が搭載されている。固有の兵装にかぎっても二〇ミリ機関砲と五〇口径（一二・七ミリ）機関砲を、それぞれ四挺ずつ計八挺を搭載していた。ということはP61一機だけで、零式艦戦の倍をこえる火力を有しているのだ。

阿藤技師は相当な危機感を持っていたのだろう。防御用電子機器の充実ぶりも尋常ではなかった。射界の外からひそかに接近する敵機を、早期に発見して撃破することも可能らしい。つまり防御の死角は、どこにも存在しないことになる。

中隊の主力をなす零式艦戦二個小隊八機が総がかりで襲撃しても、歯が立たないのではないか。よほど有利な態勢から急接近して、不意をつく必要があった。P61に弱点はみあたらず、最強の夜間戦闘機という呼び名にふさわしい存在といえる。

だが弱点のないことが、P61の弱点——あるいは自滅に追いこむという理屈がわからない。かりに予算を使い過ぎたとしても、それがP61の弱点になるのは別の話だ。このまま事態が推移すれば開発予算は上昇をつづけ、国家予算に穴をあけかねない。

荒唐無稽な話のようだが、可能性は皆無ではなかった。しかしＰ61が仮に予算を食いつぶしたとしても、それが機体の生産に影響するのは何年も先のことだ。現に戦闘中の搭乗員にとって、それが弱点だといわれても説得力に欠ける。

篠河原伍長は先ほどから、ひどい頭痛に悩まされていた。中高度に広がる雲を避けて、普段より高い巡航高度を飛行しているせいばかりではなかった。いくら考えても解決の糸口すらつかめず、正しい選択肢が何かもわからないせいだ。

八方塞がりだった。出口のみえない袋小路に迷いこんだ気分で、無闇に足掻いている。できることなら厚木基地に引き返して、阿藤技師を問いつめたかった。その一方で、それだけは避けるべきだと考えていた。

理由はわからない。ただ「戦機を逸するな」という言葉が、胸に浮かんだだけだ。二基のエンジンが発する轟音は、うなりをともなって伝わってくる。絶え間ない振動が加わって、聴覚がおかしくなりそうだ。

「入電を確認」

声がした。同時に重い衝撃が、側頭部を直撃した。機長の坂崎大尉が操縦席を離れて、通信機を操作している。篠河原伍長が居眠りをしていると考えて、気つけに拳骨を食らわせたようだ。居眠りをしていたわけではないが、殴られても文句はいえない状況だった。

考えごとをしていて、軍令部発の情報電を聞きのがしかけたのだ。気の荒い上官なら、拳骨どころではすまないだろう。何をおいても謝罪すべきだが、そんな余裕はなかった。坂崎機長が受信している電文とは、別の周波数帯に入電があったらしい。

軍令部情報は短いもので、すぐに終了したらしい。ところがその直後から、関連する戦域情報が流れていた。マリアナ戦域から小笠原戦域にかけて、米海軍の動きが活発になっているらしい。

入電しつつあるのは、それだけではなかった。呟くような声が、かすかに聞こえてくる。一度に二系統三局の情報電が、同時に入電していたのだ。坂崎機長でなくとも、苛立って通信士を殴りたくなるところだ。これでは二人がかりで受信しないと、間にあわないだろう。

とっさに他の空中勤務者を呼ぼうとした。だが、そんな余裕のあるものはいなかった。副操縦士は機長の抜けたあとの操縦をまかされているし、爆撃手兼前方銃手は針路前方の見張りに専念している。

どう対応するべきか、自分でも見当がつかなかった。それでも先ほどまでの頭痛は、綺麗に消えている。さしあたり機長の手伝いをするつもりで、書き散らされた用紙をまとめようとした。その途端に、ふたたび拳骨が飛んできた。

機長はいそがしく手を動かしながら、自分が操作しているのとは別の通信機を指さしている。現在受信中の戦域情報は自分が処理するから、篠河原伍長は通信傍受に専念しろということらしい。拳骨でずれたレシーバを直しながら、伍長は傍受の態勢をとった。

驚いたことに使用中の周波数帯は、米軍航空隊搭乗員の専用通信回線だった。米軍航空隊の搭乗員は原則的に士官と決まっているから、田舎育ちで無教養な自分には英語が理解できないかもしれない。

　外国語による交信の基礎は、飛行兵学校の学科教育で履修していた。だから無線電話による交信の傍受は、技術的に容易いはずだった。成績も決して悪くなかったが、苦手意識が先にたって敬遠してしまうのだ。

　だが、逃げることはできない。三発めの拳骨を食らうよりはましだと考えて、傍受を開始した。その直後にレシーバから、洪水のような勢いで言葉が押しよせてきた。宗教に何か恨みでもあるのか、キリストや聖人を片端から槍玉にあげている。

　乱暴きわまりない上に、下品で卑猥な言葉の連発だった。しかもキリストやその弟子のことを、あからさまに悪罵している。ときには罵倒している相手の母親と、キリストの母親をひとまとめにして性的に侮辱するという罰当たりなことをやっている。

　アメリカでは現在でも宗教戦争が続いているのかと思うほどだが、これは篠河原伍長の誤解だった。交信している二人のうち一方は、伍長と同様に小作農の小伜《こせがれ》らしい。冷飯食いの厄介者だが、大男の力自慢なのが幸いして軍隊に志願した。

　さもなければ村役場の兵事係が面倒見のいい人物で、徴兵を待つよりは志願をすすめたのかもしれない。要するに口減らしだった。軍隊暮らしのせいで田舎くささは抜け落ちたが、洗練という言葉にはほど遠い乱暴さが感じられる。

　それに対して交信相手は乱暴者の上官らしく、落ちついた話し方が印象的だった。おなじ士官搭乗員でも、乱暴者の方は准尉どまりだと思われる。あるいは「搭乗員は士官にかぎる」という制限があるために、特例として特務少尉の階級を手にしたのではないか。

上級者らしき人物は、佐官程度の階級であるらしい。当然のことながら、それにともなう権限も有しているはずだ。交信自体が偽電でなければ「硫黄島近海の潜水艦を協力させる」とか「父島を発進したゼロ／ワンを殲滅」などといえるわけがない。

おそらく上級者は夜間戦闘飛行隊の隊長で、下品な話し方のパイロットが僚機を一機ともなった長機だろう。

――するとそれが、Ｐ61の弱点か。

ごく自然に、そう考えていた。理解してしまえば、簡単なことだった。Ｐ61の最大の弱点は、戦力の集中ができない点にあった。制空戦闘が目的の場合、一度に出撃できるのは一機だけだ。編隊を組むとしても長機と僚機があわせて二機だけの、不景気なものだ。

つまり夜間戦闘機としてのＰ61は、それ自体が独立した戦闘単位といえる。必要なものはすべて搭載されているから、他の支援を必要としなかった。通常は重量が過大になるのを嫌って省略される地形識別装置や、広域捜索用の電波警戒機も組みこまれていた。

しかも乗員が三人だから、単機で敵地に侵入することも充分に可能だった。潜水艦などの支援を受けることもあるが、原則は単機か僚機を一機ともなっただけで行動することになる。攻撃的な作戦時ばかりではない。

防御戦闘の際にも、単機で行動することをしいられるのだ。同士撃ちを避けるためだ。夜間の戦闘では敵味方の識別が困難だが、単機で行動するＰ61には識別の必要はない。簡単なことだ。自機以外はすべて敵と考えて、攻撃態勢をとればよかった。

僚機をともなう場合も、基本的にはかわらない。自機の後方を追尾する僚機にだけ注意すれば、同士撃ちは起こらないはずだ。だから戦力の集中は、危険でさえあった。混戦状態になったり、敵味方識別装置が故障したときには味方撃ちの危険が増大する。

おそらく乱暴で下品な方の長機は、単機あるいは僚機を一機だけともなって小笠原近辺に進出したと思われる。両軍の競合地帯をパトロールして、上陸作戦にそなえようとしている。ただ教養のありそうな飛行隊長が、おなじ空域を飛行しているとは思えなかった。

米陸軍航空隊の無線電話が、どこまで交信可能なのかは不明だった。だが日本軍が常用している機材より、格段に通信可能域が広いことは容易に想像がついた。下品な機長が巡航高度を飛行中で供給電力に制限がなければ、中隊長がサイパン島の北方海域を行動中であっても通話は可能であるはずだ。

――すると各個撃破が可能なのか。

思わず頬がゆるんでいた。敵Ｐ61は最大でも四機が行動中だというが、実際には二機の可能性が高い。それが正しければ、Ｐ61の中隊長機が加勢に駆けつけても間にあわない。Ｐ61の基地があるグアムから硫黄島まで、巡航速度で三時間はかかるからだ。

気配を感じて、篠河原伍長は表情を引きしめた。坂崎機長が怪訝そうな顔で、伍長を注視している。弛緩した先ほどの表情を、みられてしまったのかもしれない。だがそれも、長くはつづかなかった。坂崎機長は伍長が記した傍受記録に眼を落とした。

てっきり殴られるのかと思ったが、機長は篠河原伍長の記録に見入っている。いくつか質問はしたものの、伍長の疑問には答えそうになかった。ときおり自分自身の書き残した電文を読み解いて、伍長の記録と突きあわせている。

それでようやく、方針が決まったらしい。顔をあげた機長は、伍長に意を伝えた。

「最初は潜水艦だ。そのあと『黒後家』を落とす。詳細は、これから決める」

篠河原伍長は呆気にとられた。いったい坂崎機長は、何をする気なのか。疑問を口にしかけたが、すぐに伍長は言葉をのみこんだ。機長が疑問に答えるとは思えなかった。黙ったまま間をおけば、機長の方から話しはじめるはずだ。

そう考えて様子をみていたら、いくらか間をおいて坂崎機長は口を開いた。

「硫黄島周辺で米潜水艦の動きが活発になっている。ただし現在までに存在が確認できた敵潜は一隻だけだ。大和田通信隊が方位測定で、大雑把な位置をつきとめている。硫黄島からそれほど遠くない海域で、グアムと父島をつなぐ航空路からも近い。

以上の点から電波の発信源は同海域で行動中の米潜水艦、任務はP61の誘導と考えて間違いなさそうだ。父島の根拠地が駆潜艇二隻を出動させたが、海域到着までには時間がかかる。この状況を放置すれば、空海の敵戦力が合流する可能性が大である。

中隊としては断じて看過できない事態であるから、戦力の一部をさいて敵潜を無力化するものとする。急を要する事態であるから、以後の行動について航空艦隊司令部および父島特別根拠地隊に照会はおこなわない」

坂崎機長は独断専行をするつもりかと、篠河原伍長は考えていた。現地部隊の暴走を思わせる状況だが、それほどの深刻さは感じなかった。中隊にあたえられた命令は、Ｐ61を撃破して夜間の制空権を確保することだ。

その命令を少しだけ拡大解釈すれば、敵潜の無力化もふくまれるのではないか。浮上した米海軍潜水艦は搭載された対空レーダーで、日本軍航空隊の動向を早期に知ることができる。その結果にしたがって夜間戦闘機隊を誘導し、気象等の情報を通報することができた。

もしも結果に不具合が生じれば、坂崎大尉が全責任をとらざるをえない。その覚悟さえあれば、なんの問題もないはずだ。そう考えた。

## 5

先ほどから、妙だとは思っていた。

不安を抑え切れないまま、常念寺二飛曹は何度も空をみまわした。だが、結果にかわりはなかった。二機の飛龍はもとより、零式艦戦群も消え失せていた。これはありえない事態だった。零式艦戦を見失うことがあっても、飛龍が視野の外に飛び去ることはない。

中隊では大型になるから、飛龍は闇夜でも視認しやすい。しかも単座の零式艦戦は航法に不安があるから、先導する必要があった。容易に視認できる位置に占位するのが基本で、枠組から逸脱することはありえない。

それにもかかわらず、いまは三機しか残っていない。先ほどまで同一の針路をたどっていた零式艦戦群はもとより、二機の飛龍も気配ひとつ見当たらなかった。眼をこらして雲間を注視しても、編隊灯らしきものは発見できずにいた。

不安材料は、他にもあった。飛行をつづけるうちに、先導していた複座零戦が次第に後退しはじめたのだ。このままでは常念寺機と菅谷機が突出して、針路を見失ってしまう。しかし複座零戦の巡航速度が遅いことは、最初からわかっていたはずだ。

高速の単座機を先導するのであれば、複座零戦よりも速い機体を用意すべきだった。そう考えていたら、複座零戦の後席周辺が明るくなった。先ほどと同様の、単純な明滅信号らしい。P61ブラックウィドウを意味する信号をくり返したあと、上昇に転じた。

「列機ハ続ケ。長機ハ待機」

それで終わりだった。菅谷飛長機を先導した複座零戦は、エンジン音を響かせて高度をあげていく。置き去りにされた格好の常念寺機は、闇につつまれた海面ちかくを低空飛行している。周囲には何もなかった。島影はもとより、岩礁ひとつ見当たらない。

不安を感じて、何度も周囲の様子を確かめた。だが雲が厚く、視野は閉ざされている。眼をこらしても、雲の切れ間が発見できなかった。短時間のうちに雲の層が、厚さを増していた。のしかかるような重量感をともなって、視野一杯に広がっている。

このままでは機体が揚力を失って、海面に突っこむかもしれない。いっそのこと指示に反して、上昇しようかとも考えた。なんとか思いとどまったのは、命令違反になるのを恐れたからではない。上昇しても複座零戦と合流できるとは、限らないのだ。

機位を失して燃料がつきると、生存の可能性は皆無に近い。それは犬死にも同然だった。ここまで生き抜いたのだから、思いがけない事故死は避けたい。本音をいえば、明るいところで戦死したかった。長生きしたいとは思わないが、暗闇で死ぬのは願い下げだった。

時間が無為にすぎていった。なにも変化は起こらない。高度と針路を一定に維持して、飛行をつづけるだけだ。そして唐突に、変化が起きた。視野の隅で、閃光が走ったのだ。水平線の後方で爆発が起きたらしい。光源自体は視認できなかった。

それでも常念寺二飛曹には、爆発の原因がわかった。おそらく第二小隊だろう。第一小隊の菅谷飛長が、加わっているとは思えない。特に理由はないが、そのことを疑う根拠もなかった。空と海の境界あたりが、赤く染められている。北の方だった。

彼らが通過した航路からは、かなり離れているようだ。周辺に陸地などは、なかった。すると米軍の戦闘艦艇が、第二小隊の零式艦戦と戦闘を開始したのか。それとも父島を出撃した海軍根拠地隊の駆潜艇が、早くも戦闘を開始した可能性も考えられる。

――あるいは父島の日本軍海兵隊が、航空隊を出撃させた可能性もあった。

可能性としては、いずれも充分に考えられた。そのときになって、銃砲撃音が伝わってきた。零式艦戦の搭載機銃らしいが、確証はない。銃砲撃の響きは、遅れて到達した爆発音に呑みこまれた。戦闘艦艇が空襲を受けて、火災を起こしているらしい。

わずかに遅れて二度めの閃光が走った。今度のは大きかった。先ほどよりもはるかに大規模な爆発炎が、艦上で発生したらしい。とっさに常念寺二飛曹は、機体を上昇させた。後方から衝撃波に追いつかれると、揚力を失って失速しかねない。

そう考えたのだが、意外に衝撃は小さかった。眼下の海面に特異な波形が刻まれただけだ。すでに戦闘は終了したらしい。銃砲撃の音は途絶え、火災もおさまったようだ。北方の光も薄れつつあった。

ところが詳細がわからない。どの国の戦闘艦艇が、空襲を食らったのか。そして勝ったのはどちらなのか。気にはなるものの、状況を知る手がかりはなかった。戦闘があったと思しき海域から、常念寺二飛曹は遠ざかりつつあった。

状況が不明だが、飛びつづけるしかなかった。もどかしさに歯がみする思いだった。状況は直後に判明した。レシーバから声が流れだしたのだ。明瞭な日本語だが、意味が把握できない。正体不明の符丁を、使っているらしい。

声の主は飛龍1で、航法と通信を担当する篠河原伍長だった。今回は通常任務の他に、空中指揮も担当しているらしい。そのせいで常念寺二飛曹は、なんとなく嫌な気分になった。

――今度は伍長に命令されるのか。

最若年搭乗員の楠田一飛よりは上級者だが、納得のいく話ではなかった。海軍二等飛行兵曹は陸軍伍長と同格とはいえ、戦力的には海軍航空隊がはるかに上まわっている。開戦以来、常に戦争の主導権を握っていた。

陸軍本家の付録に近い航空隊の初級下士官ごときに、指図されるのも業腹な話だ。かといって、聞こえないふりをするのは子供じみている。意地をはって闇の中を単機で飛びつづけて、海面に突っこんだら末代まで笑いものだ。

闇夜の低空飛行など、もう終わりにしたかった。技量に自信もない。これ以上の低空飛行は、かならず事故につながる。陸軍航空隊に命令されるのは釈然としないが、ここは辛抱するしかなさそうだ。そう判断して、篠河原伍長の指示を待った。

ところが伍長の次の言葉は、常念寺二飛曹の期待を裏切るものだった。伍長は簡潔にいった。常念寺機は現在の針路、速度および高度を維持――くり返す。現在の針路、速度および高度を維持。戦闘参入時機は、追って知らせる。

それ以前の電波発信は、無条件にこれを禁じる――くり返す。電波発信は無条件に禁じる。そう伝えたあと、篠河原伍長は念を押すようにいった。

「以上。健闘を祈る」

それで終わりだった。雑音とともに、篠河原伍長の声は途切れた。不可解なことに気づいたのは、その直後だった。篠河原伍長は符丁を使っていなかった。海軍航空隊仕様の通信機を使用しているが、事前に動作確認をくり返した符丁は使っていない。

――偽電なのか。

真っ先に、その可能性を考えた。常念寺二飛曹を欺くために、米軍航空隊が送信した偽電ではない。伝えられた指示は簡潔なもので、偽情報が入りこむ余地はなかった。少なくとも、二飛曹を誤った方向に誘導する意図があったとは思えない。

むしろ篠河原伍長が――というより飛龍1に搭乗する指揮官が、米軍航空隊の傍受を前提に偽情報を発信した可能性が高い。だからあえて、符丁を使わなかった。符丁の入りまじった送信原稿では、米軍が傍受しても読み取れないからだ。

――すると俺は、味方に切りすてられたのか。米軍の夜間戦闘飛行隊を殲滅するためなら、常念寺二飛曹の旧式零戦一機を失っても惜しくない、囮が一機ですめば、上出来だと判断したのではないか。冷静に考えれば、自分でも呆れるほどの僻み根性だった。しかしこのときは、それほど奇妙にも思わなかった。

よほど精神的に追いつめられていたようだが、そんな鬱々とした気分は一条の閃光によって吹き飛ばされた。上空で爆発があったらしく、飛散した破片が閃光の周囲に視認できた。さらに曳光弾らしきものが、閃光の周辺に飛びかっている。

だが密雲のせいで視界が悪く、眼をこらしても詳細がわからない。おそらく複数個所で、同時に戦闘が発生したのだろう。現在でも複数の火箭が、上空で交錯していた。ところが中層あたりに広がった密雲が邪魔をして、戦闘空域の詳細な状況は把握できなかった。

ただ中層に広がる密雲が爆炎を隠しても、乱反射が光源の所在を明らかにした。雲の層自体が、淡い光を放っているのだ。しかも時間がすぎるにしたがって、銃撃の密度は増していった。もう眼をこらす必要もなかった。

まるで影絵芝居をみているかのようだった。双方が死力をつくして闘っている様子が、手に取るようにわかる。ところが日米のどちらが優勢なのか、即座に推測する手がかりはなかった。主要搭載兵器は双方とも二〇ミリ機銃だから、破壊力では区別できない。

それよりも、戦闘空域までの距離を知りたかった。中層の密雲に投影される曳光弾の輝跡と、海面ちかくに滞空する常念寺機で聞く銃撃音の同定は可能だった。上空で発生する銃撃時の特異な癖に着目すれば、音と光の時間差は容易に推測できる。

正確な測定は望むべくもないが、大雑把に一五、六秒程度の時間差と考えればよさそうだ。進行方向にむかって真後ろ上方、仰角三〇度あたりが主戦場と考えていい。概算では直線距離五千メートルあまり、高度三千メートル超の空域で戦闘は開始されたようだ。

そこまで判明しているのだから、篠河原伍長の指示を待つまでもなかった。時間を無駄にすれば、戦機も去る。そう考えたときには、エンジンを全開にしていた。エンジン音が一気に高まって、乗機は猛然と上昇を開始した。

機載の接敵用電波警戒機「玉《ぎょく》四三」は、胴体下に懸吊されている。はじめて単発機に搭載可能な広域捜索電探が実用化されて以来、そこが機外搭載時の定位置だった。いくつか不具合もあったが、解決方法は研究されている。

軽量で繊細な設計の日本軍機には、他に適当な場所がなかったからだ。米軍の改造夜戦のように電探を主翼端などに追加搭載したら、華奢な日本軍機は構造的にもたないかもしれない。かりに飛行できたとしても、重心がずれて戦闘機動が困難になる可能性がある。

単発機を改造した夜間戦闘機の中には、操縦席の後方に斜行した電探の円形送受信機を収納するものもあった。送受信機の形状は、放物面状の皿形と決まっている。空いた空間さえみつければ、比較的簡単に改造できる斜め銃ほど容易ではなかった。

常念寺二飛曹は強引に機首を持ちあげて、前方上空の視野を確保した。

そんなところに敵などいないことは、確かめるまでもなかった。戦闘に参入しようとすれば、先に後方上空を走査するべきだった。現在も曳光弾が飛びかっているのだから、激戦がつづいているはずだ。

それにもかかわらず逆方向の空を先に走査したのは、機器の立ち上がりが遅いからだ。回路が温まらなければ、表示は読みとれない。かといって敵があふれている空域に、走査電波だけを送信するのは危険すぎる。

たとえていえば闇に身をひそめる一方で松明を高く掲げ、太鼓を打ち鳴らしながら疾走するようなものだ。搭載している接敵用電探は死角が大きいのだから、見当ちがいの方角を走査すれば探知されないはずだ。

上昇をつづけながら、電探を作動させた。機器が温まったら、反転して後方上空に機首を指向するつもりだった。ところがその矢先に、変化があらわれた。電探の表示画面中央部に、光点が出現したのだ。

心臓の鼓動が一気に高鳴った。機器の表示を信じれば、機首前方を敵機が飛行中らしい。しかも常念寺機の射程内から、全速で脱出しようとしている。敵機の正体は、明らかだった。ノースロップP61ブラックウィドウに、間違いない。

——逃すものか。

考えるよりも先に、体が反応していた。全力射撃は控えて、機首の二連装七・七ミリ機銃だけを撃ちこんだ。無論、戦果など期待していない。七・七ミリでは、明らかに力不足だった。敵機の動きを探ると同時に、弾道の特性を読むための銃撃だった。

無造作に銃撃しながら、冷徹な眼で状況をみていた。撃墜されたP61の残骸を、一度だけみる機会があった。その機体には胴体下に固定された四連装二〇ミリ機銃の他に、四挺の一二・七ミリ機銃を旋回銃塔に搭載していた。

長距離侵攻が可能な双発大型の夜間戦闘機という点を考慮しても、充分すぎるほどの強力な武装だった。ただし常念寺二飛曹がみた残骸には、銃塔を駆動する動力装置がなかった。製造段階で搭載されなかったらしく、四挺の機銃は機首方向に固定されていた。

そして空いた空間には、燃料タンクが増設されていた。長距離進出にそなえて、銃塔を降ろしたのではない。最初から固定された状態で、部隊に配置されたようだ。たぶん動力銃塔の生産が間に合わなかったか、設計上の問題があったのだろう。

かといって眼の前の敵機が、前方にしか撃てない半端な戦闘機だとは限らない。硫黄島周辺では目撃例自体が少ないが、他の戦域では動力銃塔の使用例は多かったと聞いている。対応できずに、食われた日本軍機もあったらしい。油断するのは危険だった。

探りを入れるつもりで、断続的に七・七ミリ機銃を撃ちこんだ。弾道は自分でも納得のいく完璧なものだった。一直線に延伸して、ぶれることがない。拡散することも、なかった。これなら修正などせずに、直接照準による銃撃だけで片がつきそうだ。

視野に焼きついた弾道の残像に、両主翼から迸《ほとばし》る二条の火箭を重ねあわせた。あとは風による変移を、銃弾に移しこむだけだった。敵機は上空で日本軍機に奇襲攻撃を受けて、海面まで降下して追撃から逃れようとしたらしい。

なんとか追撃をふりきって、海面に突っこむ寸前で体勢を立て直した。爆撃機なみの巨体にもかかわらず、意外に操縦性はよさそうだ。ところが運の悪いことに、水平飛行にもどったところで常念寺機に食らいつかれた。

往生際の悪い敵機だった。たくみに針路をかえて、常念寺機の射線から逃れようとしている。そのせいで、わずかに好機を逃した。敵機は大馬力エンジンにものをいわせて、逃げきるつもりらしい。無駄だった。先ほどの銃撃で、機体の一部が損傷していたようだ。

表示された画面の反応が、急速に大きく明瞭なものになっていった。その機をとらえて、銃撃を開始しようとした。そこで邪魔が入った。

篠河原伍長だった。士官搭乗員を思わせる落ちついた話し方で、伍長はいった。

「常念寺二飛曹は現在を以て、戦闘参入を可とする。敵機の推定位置は――」

何をいってやがると、二飛曹は内心で毒づいた。いっそのこと通信機の電源を落とそうかとも思ったが、さすがにそれは避けることにした。

かわりに伍長の言葉を無視して、二〇ミリ機銃を敵機に撃ちこんだ。次第に遠ざかりつつあったが、照準は正確だった。すぐに操縦席は、銃撃音で満たされた。篠河原伍長はまだ何かいっていたが、耳にとどいたのは一瞬だった。

次の瞬間には、すべてが銃声にかき消されていた。

# 第五章　勝利条件

## 1

爆撃されたのは、川崎航空機の明石工場だった。

神戸市の西に位置する明石市の軍需工場地帯が、八〇機前後のＢ29によって蹂躙されたらしい。マリアナ諸島を出撃した米陸軍重爆撃機隊が、はじめて実現させた日本本土に対する組織的な空襲だった。

参謀本部の秋津大佐は艦上偵察機彩雲の偵察員席から、身を乗りだすようにして眼下の惨状をみていた。大佐としては今後の防空方針に、課題を残す結果になった。昼間にもかかわらず内陸部の明石に侵入したＢ29は、一機の損害も出さずに悠々と引きあげたのだ。

本土空襲を予想して準備をととのえてきた各防空司令部にとっても、これは想定と大きく違う出来事だった。最初にくるのは京浜地区から関東一円にかけての軍需工場——おそらく航空機工場が狙われると予測していた。

この読みは正しかった。日本軍の継戦能力を低下させるには、航空機の生産量を減少させるのがもっとも効果的だからだ。おそらく米第二〇航空軍司令部も、おなじ見解であるのだろう。日本本土に対する爆撃の前後に、米軍機はかならず偵察を重ねる。

爆撃の成果を評価するためだ。投入した機材や物資の消耗状況と、戦果を比較しなければ評価など不可能だった。そして米軍は短期的に日本の戦力を低下させることで、長期的な国力の低下を目論んでいる。

造船所や戦車工場を爆撃で破壊しても、その効果が前線に波及するまでには長い時間がかかる。ところが航空機の製造施設を破壊すれば、短期間で日本の抵抗力を奪うことが可能だった。航空機工場が最初にねらわれたのは、理にかなっていると断言できる。

つまり米航空軍司令部は、まだ本質に気づいていないらしい——そう考えて、秋津大佐はひそかに安堵した。だが安心するのは、まだ早かった。わずかな兆候であっても見逃すまいと、大佐は丹念に眼下の光景をみていった。

地上の状況は、悲惨の一言につきた。いくつもの爆撃痕が、醜く開いている。工場の敷地と市街地の境界は、現在の高度——二千メートルあたりからでも容易に見分けられた。それにもかかわらず、工場施設を外れて市街地に落ちた爆弾は多かった。

ごく大雑把な見当では、投下された爆弾のほぼ半数が工場敷地の外に着弾したようだ。無論どこに落ちても爆弾は起爆する。そして破壊以外に何ももたらさない。本来の攻撃目標ではなく周辺の住宅地に落下しても、不発にはならないのだ。

むしろ飛散する弾片や爆風の被害は、住宅地の方が大きいのではないか。最低限の被害対策は講じてある工場内の施設よりも、無防備な一般家屋の方が多数の犠牲者を出した可能性が高かった。住宅や商用地に落ちた爆弾は、残酷なまでの唐突さで破壊をもたらす。

いくら防空演習をくり返しても、戦時下の心構えを吹きこまれても充分とはいえなかった。ある日突然、銃後とはいえ日常生活が爆弾炸裂で乱されるのだ。ごく普通の近所づきあいをしていた隣家に、火山の噴火口を思わせる爆撃痕が出現することもありうる。

無辜《むこ》の住民が何人も殺傷されて、それが日常化していくのだ。この事実を米軍の上層部は、どう評価しているのか。その点が、秋津大佐には気になった。それを知るためには、事実を正確に知っておく必要がある。

そう考えて質問をむけると、操縦席の梅澤上飛曹は感情をまじえない声でいった。

「敵重爆は一万メートル近い高度で侵入した模様です。おなじ高度を維持したまま、目視照準で投弾態勢に移行したと思われます。当日は晴天で、爆撃時には全層にわたって雲はありませんでした。視界をさえぎるものは、皆無だったといってよさそうです」

その高度では、迎撃側の戦闘機が間にあったとは思えない。そう秋津大佐は見当をつけた。京浜地区やその奥に位置する関東各地の工場なら、厳重な早期警戒態勢が構築されている。だが攻撃目標が明石では、迎撃する余裕もなかったのではないか。

陸軍の電波警戒機と海軍の電波探信儀の、双方の死角をついて内懐に侵入できた可能性は高い。あるいは電波妨害機を、先行して投入したのかもしれない。八〇機もの大型重爆を侵入させるのに、策もなく突っこませるとは思えなかった。

当然のことながら、日本軍も対抗策を考えている。陸海軍が共同で編成した飛行中隊の実験が進展すれば、既存の早期警戒態勢は格段に強化されるはずだった。計画が完了するころには、日本本土は何重もの警戒網でおおわれることになる。

隙をつかれて迎撃が遅れ、防空態勢に穴が開く可能性もなかった。残された問題は、個々の防空兵器をどう配置するかだ。高々度を巡航する敵機を効率的に攻撃できる大口径高射砲は、すでに開発されて実戦配備がはじまっていた。

ただし大口径の新型高射砲は設計に問題があったようだ。量産体制に入っても不具合が続出し、安定した供給ができずにいた。最近では常識になっているが、開発当時は量産に対する配慮が充分ではなかったらしい。

そのせいで構造が複雑になって、製造に手間と時間がかかるのが難点だった。配備の完了までには、かなりの時間が必要らしい。高射砲にかぎらず新式の防衛兵器は、航空機工場が集中する関東地区から優先して配備された。

逆にいえば米軍は今回の空襲で、好条件がそろっていながら半数程度の命中率しかえられなかった。残りの半数は工場の敷地を外れて、市街地を破壊していた。高度一万メートル近くから精密爆撃をつづけているかぎり、命中率が劇的に向上することはなさそうだ。

では米軍の司令官にとって、この戦果は満足できるものか否か。マリアナ諸島から八〇機ものB29を投入したにしては効率の悪い爆撃行という気もする。しかし一機もB29を失わなかったのだから、成功といえないことはない。

厚木の海軍航空隊基地を離陸する前に入手した最新情報によれば、明石工場の施設は三分の一が破壊されて生産力が十分の一に低下したという。ただ破壊の具体的な状況は、わかっていなかった。修理に要する日数の見積もりや、それ以前に修理が可能かどうかも不明だった。

というより本格的な被害状況の調査は、まだ始まってもいなかった。だから自分の眼で確認したかったのだが、それにも限界がある。詳細は長崎に到着したあとで、たしかめるしかない。そう判断して、機首を西方に転じさせた。

詳細な情報は、長崎の大村飛行場に着陸した直後から入りはじめた。ただ本土空襲の被害状況は、米軍航空隊の戦果になるから機密あつかいになる。不用意に通信回線で送信するのは危険であり、それ以上に許されない行為だった。

その一方で戦況に関わる情報は、関係者全員が即時共有してこそ価値がある。敵攻撃隊の戦力評価を、容易にするためだ。結果は劇的だった。秋津大佐が大村海軍航空隊に立ちよったときには、最初の概要を手渡された。

そのまま海軍の車両で、長崎港の埠頭まで送り届けられた。待機していた駆逐艦「夕風」に乗艦したところで、艦長の淡路中佐から残りの情報を受けとった。重要な工作機械や治具《ジグ》の類は、製造工程ごとに近隣の分工場に移転するらしい。

手まわしのいいことに全般的な被害の調査報告には、工場疎開の計画概要も付されていた。出港までの限られた時間に眼を通したが、急場の間にあわせとは思えないほど考え抜かれていた。最小限の操業停止だけで、被害の復旧と工場疎開を実現するのが前提だった。

何か参考にした事案があったのかと思って、調査概要の隅々まで念を入れて再読した。それでようやく、事情がわかった。手まわしがいいはずだ。きっかけになったのは、一カ月あまり前に発生した東南海地震だった。

この件について特に指示は出さなかったが、高い関心を持って資料に眼を通した記憶があった。実務担当者による方針決定会合の席で、可能性を示唆したのかもしれない。いずれにしても、大佐と無関係ということはありえなかった。

紀伊半島南東沖を震源として発生した地震は、中部地方の工業地帯に大きな被害をもたらした。この時機には、まだ日本本土に対する本格的な爆撃は始まっていなかった。だが米軍重爆隊による都市攻撃は、占領地などでは頻繁に経験していた。

自然災害である地震と空襲は同列には語れないが、対策を検討するための参考にはなる。ことに日本が直面しつつあるのは、過去に経験したことのない大規模な爆撃だった。しかも市街地と隣接する工場が目標だから、誤爆もありえた。

そのため地震の発生直後から、調査班が破壊された都市に足を踏みいれた。そして被害局限の方策を、実例を採取しつつ調べあげた。都市部の被害状況を比較するかぎりでは、占領地の爆撃例より震災による被害の方が現実に近いのではないか。

実際に過去の調査は、今回の空襲で役立った。概要程度とはいえ被害を評価した上で、工場を分散疎開させる方針が早くもできていた。本来は先まわりしてやるべきだが、空襲との戦いははじまったばかりだ。それよりも秋津大佐には、気になることがあった。

米航空軍の司令部が気づいているかどうかは不明だが、日本本土に対する空襲でもっとも効果的なのは住宅地に対する無差別爆撃だった。航空機工場を破壊しなくても、生産力をそぐことは可能なのだ。

簡単なことだ。生産設備の破壊ではなく、労働力を減少させれば同様の結果はえられる。日本の家屋は大部分が木造だから、広い範囲に焼夷弾を投下すれば大規模火災は容易に発生する。さらに住宅地が消失すれば、死者を上まわる多数の罹災《りさい》者が焼け跡にあふれる。

多くの労働力が失われるが、非戦闘員たる一般住民の生命や財産も奪われる。国民の士気は大きく低下して、厭戦気分が蔓延するはずだ。米軍投下されるのは、焼夷弾ばかりではない。米軍の研究機関では、発癌性の高い化学物質の軍事利用にも成功したらしい。

毒性の強い化学物質を大量に散布して植物を枯死させ、収穫を激減させて日本を飢餓に追いこむのだという。さらに環境汚染を進展させれば、日本民族はもとより動植物を絶滅の危機に追いこめる。環境を破壊された日本は、生命にとって安全な土地ではなくなるのだ。

浄化は可能だが、それには長い年月を必要とする。それまでは毒性の強い風雨にさらされても、なお生存に執着しつづける異形のものたちが細々と暮らすことになる。一握りの生存者以外には、枯れ葉だけの木々が疎《まば》らに残る荒野があるだけだ。

——彼らなら、そこまでする。

日本が滅亡するまで、手をゆるめないと大佐はみていた。想像するだけで、ぞっとする思いにとらわれた。声をあげて叫びだしたいほどだが、秋津大佐は無言で耐えた。内心の乱れを少しでももらせば、周囲のものが不安になる。それだけは避けたかった。

しかし艦橋にいた者たちのほとんどは、大佐の心中を察していたようだ。淡路艦長をはじめ乗員の大部分は、大佐と面識がなかった。そのせいで言葉を口にする機会などなかったが、事態が深刻なことは察していた。誰もが暗い表情で、黙りこんでいる。

駆逐艦「夕風」は白波を蹴立てて、東シナ海を横断しつつあった。

**2**

上海には翌日の日没後に到着した。

秋津大佐が通告した四八時間の一方的な延期

刻限は、この日の正午から日没までと指定されている。会談の開始時刻は未定だが、当初の予定では今日の日没以後にずれ込むことはないとされていた。したがってどう取り繕っても、会談は成立しないことになる。

限度をこえた大遅刻になるが、それでも秋津大佐は楽観していた。むしろ確信があった。もしも蔣介石が会談に関心がなければ、日時の指定に含みを持たせることなどない。一切の連絡を断って、すべてを終わりにするだけだ。

実際には承諾も拒否もしなかったが、脈はあった。ただし慌てて食いつくと、足もとをみられる。手の内を読まれないよう留意する一方で、相手の面子にも配慮してねばり強く交渉をつづける必要があった。

そのあたりの匙加減が難しいところだが、会談の準備作業も交渉の一部と考えればわかりやすい。会談はすでに開始されているのだ。時刻を決めずに開催を提案したのは中国側なのだから、これを逆手にとれば秋津大佐の方が優位を確保できるはずだった。

少なくとも一方的に押されることだけは、避けられるのではないか――そう見当をつけて、埠頭を離れた。日本総領事館までは、黄浦江ぞいの勝手知った道だった。人眼につくのを避けて、途中からは裏通りを拾うようにして先を急いだ。

妙な雰囲気に気づいたのは、総領事館の間近まで来たときだった。まだ宵の口だというのに、人通りが途切れている。人の気配が、消えているわけではない。屋内や物かげに、数人程度の集団がたむろしていた。

不穏なものを感じたが、気にせず館内に入ろうとした。異様な緊張感が、さらに高まった。正面玄関で立哨する海兵隊員が、息苦しくなるほどの殺気を発散させている。しかも普段は一人だけなのに、今日に限って二人が監視の眼を光らせていた。着剣した小銃を威圧するように構えている。

軍衣に野戦用参謀飾緒《さんぼうしょくちょ》の秋津大佐を一瞥しただけで、所属部隊や姓名を問いただそうとはしなかった。通過時にそれとなく確認したら、帯革の弾薬盒《だんやくごう》がわずかに変形している。出動に際して、定数の実弾を支給されたようだ。

意を決して、館内に足を踏み入れた。だが大佐は、すぐに肩すかしを食らうことになった。思ったほど多くの邦人はいなかったのだ。邦人が避難場所を求めて、総領事館に逃げこむという事態にはなっていないようだ。

むしろ来館者のほとんどは、危険を感じて立ち去るようだ。大佐の推測は、それほど間違っていないはずだ。なんとなく館内がざわついて、浮き足だっている。正面の出入口に近い部屋には、一〇人ちかい下士官兵がたむろしていた。

相当な覚悟で乗りこんできたことは、携行装備をみるだけでわかった。一〇人たらずの部隊なのに、軽機関銃や擲弾筒《てきだんとう》などを持ちこんでいる。事情を知りたかったが、凄まじいほどの緊張で声をかけられる状況ではない。

不用意に声をかけたりすれば、不審者として銃を突きつけられそうな剣呑さがあった。足ばやに廊下を通りぬけて、富和田主計長が待機しているはずの部屋にむかった。ところが扉ごしに声をかけても、返事がない。そっと扉を開いて、中の様子を探った。

室内に人の気配はなかった。不審に思ったが、灯りはともされている。しかもラジオからは、広東語《カントン》とおぼしき放送が聞こえてくる。人がいるはずだと確信して、なかば開いた扉からするりと中に入りこんだ。

人かげは部屋のすみにいた。軍衣には海兵隊少佐を示す階級章がついている。少佐は床に腰を落としたまま、茫然としていた。室内にいたのは、少佐一人だった。初対面だが、富和田主計長なのは間違いない。怪我をしているらしく、軍衣の袖が血で汚れていた。

軟禁されているとは思えなかった。部屋に鍵はかかっておらず見張りも配置されていない。建物から抜けだすこともできそうだが、こんな状態ではどこへも行けないだろう。一人で上海の連絡役を担当したものの、慣れない作業と責任の重圧に押しつぶされかけた。

そしてついに蔣介石の一行を、暗殺しようと考えた。その一部始終を、秋津大佐は目撃したわけではない。主計長とは面識もなかったが、概要は有藤武官補から聞いていた。二時間ほど前のことだ。

長江と黄浦江が合流する呉淞《ウースン》の沖で、有藤武官補を乗せた砲艦熱海は仮泊していた。流れが速く接舷する余裕もないため、すれ違いざまの慌ただしい情報交換になった。そんなことになったのは国民政府の――というより蔣介石の動きが、読めなかったからだ。

武官補は南京行きを断念して、航路上の呉淞で待機することを決めた。エストレーラの河川等航行時の航程は公開されていないが、長江の下流部あたりにいるのは間違いない。

だから呉淞で待機していれば、エストレーラと遭遇できるはずだ。試算では今日の夜半すぎが、外洋に出る限界だった。それをすぎると潮の流れがかわって、事前に通報した計画航路から大きく逸脱する。最悪の場合は不審船として、無警告で攻撃される可能性もあった。

現在は長江の水位が高く、外洋商船でも南京までの遡行は可能だった。おそらくエストレーラはマカオを出港したあと、河口から長江を遡行して南京にむかったのだろう。本拠地の南京で随行する官僚を乗船させる一方で、大量の書類や消耗品を積みこんだと思われる。

鉄道で物資を上海に輸送するより、よほど効率がよく時間も短縮できる。南京を出港したあとエストレーラは、呉淞周辺か上海に寄港するはずだ。正確な日程は決まっていないが、随員の一部や護衛要員は出国の直前まで蔣介石と行動をともにするからだ。

ただし国際航路の船舶だから、出国審査や通関業務を実施しなければならない。沖合に仮泊した外航船にジャンクが横づけして、乗客や手荷物を積みこむ程度の「港」でも審査は可能だった。国民政府の主席が公務で利用するのだから、形だけの審査でも問題はない。

それだけに、実態の把握が困難だった。時間は限られている。早急に蔣介石の一行と、エストレーラの現在位置を突きとめなければならない。時間は充分とはいえないが、彼らには有力な手がかりがあった。

長江の呉淞河口から上流側か、黄浦江の上海と呉淞の間に散在する「港」に、エストレーラはひそんでいる。有藤武官補は熱海で呉淞周辺を遊弋《ゆうよく》し、秋津大佐は夕風で呉淞河口から黄浦江を遡行しながらエストレーラを捜索する。

しかしエストレーラらしき船影は、依然として発見できずにいた。別行動をとっていた熱海からも、連絡はなかった。気がかりな状況だが、新たな情報がなければ無線通信はおこなわないことになっている。

そのせいで蔣介石の動向は、途絶えたままだった。さらに有藤武官補によれば、上海に残留している富和田主計長の様子がおかしいとのことだった。総領事館と連絡をとって状況を確認しようとしたが、要領をえない返答しかもどってこないという。

何らかの異常事態が発生したのは確かだが、有藤武官補も熱海を離れられず手がまわらない状態だった。他に選択の余地がないまま秋津大佐が総領事館に足を運んで、状況を確認するとともに主計長の様子を確認することになったのだが——。

富和田主計長は、ひどい有様だった。正面から向きあっても、決して視線をあわせようとしない。意識はあるのに、言葉をかわす気力もないらしい。殴られたらしく、唇の端から血が流れ落ちている。ところが本人は、気にする様子もなかった。

殴られて戦意が失せたのではない。限界をこえた緊張で精神が破綻しかけたところを、馬鹿力で殴りつけて人格が崩壊する寸前まで追いこんでしまった。普段なら放置して自然回復を待つという選択肢もあったが、現在の状況でそれをやるのは危険すぎる。

回復しないまま新たな敵との戦闘が開始されると、かなり厄介なことになる。捕らえられて俘虜にでもなれば、後々まで尾を引く不祥事になりかねない。こんな時には、将校としての義務を思い出させるしかなかった。だが普通の方法では、間にあいそうにない。

　荒療治を試すしかないだろう。主計長が恐慌に陥らないよう注意しながら、くり返して名前を呼んだ。反応は鈍かった。大佐の呼びかけに応じる様子はなく、あいかわらず視線はそらしたままだ。選択の余地はなかった。ゆっくりと拳銃を引き抜いた。

　ベルギー製のＦＮブローニングＭ１９１０だった。信頼性の高さと、作動の確実さには定評がある。そっと机の上においた。細心の注意を払ったつもりだったが、テーブルに触れて予想外の重い音をたてた。

　富和田主計長は秋津大佐に上体を支えられた格好で、床に腰をおろしている。魂を抜かれたとしか思えないが、視線は拳銃の所在を正確に追っていた。これならまだ脈があると、秋津大佐は判断した。その上で、淡々と説明した。

「時間がないので、要点のみ説明する。詳細な状況は不明なるも、当館は敵対する武装集団の襲撃を受ける可能性が大である。ただし守備隊の戦力は一〇人程度。きわめて劣勢で、増援の可能性は皆無に近いと仮想する。

　この状況下で、貴官のとるべき行動を簡潔に述べよ。ただし小官は不在。在館せる最先任現役将校は貴官とする。携行火器はブローニング拳銃一挺。装弾数八」

　言葉を切った秋津大佐は、じっと富和田主計長の表情をうかがった。これは主計長の精神状態を推しはかると同時に、一般的な指揮能力を確認する設問でもあった。したがって解答者の能力によって、難問にも愚問にもなりえた。

凡庸な指揮官なら「最後の一人まで戦う」とか「包囲網を強行突破して血路を開く」などと答えるところだ。状況次第では「拳銃による自決」が、最善の選択となる場合もありうる。つまり被験者の能力ばかりではなく、出題者自身の想像力も試されることになる。

富和田主計長の動きを、秋津大佐は黙ったまま見守っていた。もうすぐだった。心の葛藤が、表情の変化になってあらわれている。声援を送りたくなったが、いまは黙ったまま待つしかない。ところがそこで、ふいに部屋の扉が開いた。

声をかけることなく、入室の許可もえない乱暴な態度だった。顔を突きだしたのは、在留邦人らしい中年男だった。どこで手に入れたのか、背広の上から帯を締めて日本刀を差している。ただし手が震えていた。虚勢を張っていることは、それだけでわかった。

——こ奴が主計長に、怪我を負わせたのか。

ひと眼みただけで、大佐はそのことを確信した。どこの日本人社会にも、似たような古狸がいるからだ。日系企業に現地採用された社員が多いが、日本で採用された職員も少なくない。同じ部署に何十年も勤務しているから、邦人社会の裏表を知りつくしている。

気に入らぬことがあれば相手が別組織の管理職でも、たとえ軍人でも容赦はしない。剣呑な人物だが、ちゃんと計算はしている。勝ちめのない喧嘩はしないし、上位の者が相手なら一転して低姿勢で通す。

　日本刀を腰に差した邦人は、値踏みするような眼で秋津大佐をみた。だがそれも、一瞬の出来事だった。たぶん秋津大佐を、無害な人物と判断したのだろう。肩ごしにふり返った大佐の参謀飾緒に、気づかなかったのかもしれない。ことさら大きな声で、男はいった。

「わかっていると思うが、さっきのは事故だからな。ラジオを片づけようとしたところに、いきなり割りこんでくるものだから――」

「引っこんでいろ、この無礼者！」

　富和田主計長が一喝した。別人格が憑依《ひょうい》したのかと思うほど、堂々とした声音だった。気勢をそがれたらしく、日本刀男は眼を丸くして黙りこんでいる。それでも不利な立場に追いこまれたことは、本能的に察していたようだ。逃げるように立ち去った。「事故」と称しているが、自信を失っていた富和田主計長を殴りつけたのも同一人物らしい。

　不安を紛らわせるためだ。身勝手な理由だが、もう大丈夫だった。富和田主計長はうまく答えるだろう。短時間のうちに、表情が変化していた。自信を失っていた先ほどとは、比較にならない変貌ぶりだった。わずかな間をおいて、主計長は答えた。

「最初は館内にある武器および弾薬の把握です。民間人が護身用に携行する拳銃や匕首《あいくち》の類までかき集めれば、無視できない戦力になります。その上で在郷軍人などを組織して徹底抗戦の構えをみせれば、烏合の衆の暴徒などとるに足りません。

　一方で上海駐屯海兵隊司令部に、状況を報告します。可能なら援軍を要請して、攻勢に転じます。ただし注意すべき点がひとつ。烏合の衆でも戦力の中核は、装備の質や士気が高い部隊が占めています。その部隊が我が方の弱点をつくことが多いので注意が必要です」

「もしも……もしも武運つたなく多数が戦死して、貴官が最後の一人になったら――」

「そのときは自決します」

富和田主計長は、昂然と胸を張っていった。その言葉には、欠片ほどの迷いもなかった。秋津大佐は落胆した。それは何があっても、回避すべき選択肢だった。無論、放置しておく気はない。即座に大佐は問いただした。

「理由は？　虜囚の辱めを避けて、名誉の戦死を選択するためか？」

そうだとしたら、主計長は使えない人物ということになる。期待していただけに、落胆は無視できなかった。ここで起きることを、犠牲者の遺族に知らせるのが生存者の義務だと考えていたからだ。「自決」という行為は、どう考えても容認できるものではない。

暴徒に対する反応が理性的だっただけに、主計長の短絡的な考え方が容認できなかった。そう思っていたら、主計長は平然と言葉をついだ。

「もしも大佐と富和田が最後の二人になったら、自分は全力で秋津大佐を安全な場所に送りとどけます。大佐は帝国にとって、かけがえのない人物ですので。ただし捕らえられそうになったら、そのときは潔く自分と心中を願います。

大佐が帝国にとって欠かせない重要人物であることは、議論の余地がありません。それだけに、敵対する勢力に捕らえられると危険きわまりない。情報源として利用される可能性もあるので、早い段階で死を選ぶべきです。不肖、富和田が介錯いたします」

　ご免こうむる、という言葉はいわずにおいた。自死を選ぶか血路を開いて落ちのびるかは、自分が判断する。他のものに、決めてもらおうとは思わなかった。まして他人の手を、借りる気など金輪際ない。

　それよりも、大事なことがあった。いったい上海で、何が起きつつあるのか。あらためて、その点を問いただした。富和田主計長は、意外そうな顔で大佐を見返した。それから壁の時計に眼をむけて、納得したように頷いた。そして、いくらか声を落としていった。

「いまから三〇分ほど前のことです。南京と上海で、ほぼ同時に事件が発生しました。複数の政府系施設で銃撃戦が発生して、十数人が死傷した模様です。国民党の幹部多数が身柄を拘束あるいは殺害されたらしく、国民政府は実質的に機能を失っています」

　秋津大佐は眉を寄せた。これは周到に準備されたクーデターだった。事前に政府要人の居場所をたしかめておいて、同時刻に襲撃したと推測される。もしもそれが事実なら、秋津大佐が構想した和平への道筋は潰える。

　そして二度と陽《ひ》の眼をみないだろう。闇の奥に追いやられて、人知れず消失するだけだ。

## 3

　これまで築きあげてきたものが、音をたてて崩れていくような気がした。

最初から危うい計画だった。蔣介石の指導力と、戦略的な判断だけが頼りといえた。蔣の失脚も可能性としては想定していたが、この時期にこんな形で実現するとは思わなかった。蔣には強運があるからだ。西安《せいあん》事件をはじめ、同様の危機を何度も乗り切っている。

死亡説が流れることも、珍しくなかった。だから断念するのは、まだ早い。基礎が崩壊したら、また最初から組み直せばいい。十数年に亘ってつづいた中国との緊張状態が、簡単に解消するわけがなかった。クーデターの詳細や、現在の状況もわかっていないのだ。

何よりも重要なのは、蔣介石の消息だった。蔣はいま、どこにいるのか。生きているのか、死んでいるのか。それとも安全な場所に、身をひそめているのか。ポルトガル船エストレーラの動向は。秋津大佐との会談について、何か連絡はあったのか。

すばやく事実関係を整理した秋津大佐は、不明な点を富和田主計長に問いただした。蔣介石から何か連絡は入っているのか？　そしてポルトガル船籍の貨客船エストレーラは、現在どこにいるのか。

いまはこの二点を、最優先で確認するべきだった。正確な情報である必要はない。大雑把な枠組が判明すれば、他の条件から絞りこむことも可能だった。しかも求めているのは、物理的な事実だ。大まかな数値が判明するだけで、蔣介石の真意は読める。

無論、情報が重複してもかまわない。裏が取れれば情報の信頼性が増大するし、情報源によって食い違いがある場合はその事実が新たな情報となる。その点をくどいほど念を押して、返答を待った。どんな些細な情報でもいいから、今は入手したかったのだ。

ほんの少し、富和田主計長は記憶をたどる様子をみせた。そして一言ずつ確かめるようにしていった。「エストレーラは二日前の日没直後に、南京を出港したらしい。これは関係機関に事後通告された非公開情報だから、入手経路によっては信頼度が期待できない。

それでも秋津大佐にとっては、安堵できる情報といえた。蔣介石に四八時間の遅延を容認する気がなければ、これほど遅く南京を出港するはずがないからだ。しかも秋津大佐と有藤武官補の推測とも一致する。

南京で実質的な書類の積みこみと随員の乗船をすませたあと、長江の下降をはじめたのだろう。今夜のうちに河口を離れて東シナ海に出るはずだが、現在位置はわかっていない。ただ呉淞にはまだ達しておらず、熱海からも遭遇したとの報告は届いていなかった。

そして蔣介石からも、連絡は入っていないようだ。何か手違いが、あったのかもしれない。だが秋津大佐は諦めていなかった。時間はかぎられていても、まだ充分に可能性はある。夜半までに蔣介石をみつけだして会談に持ちこみ、なんらかの合意にこぎつけるのだ。

状況次第では海軍の高速艦艇か、水上機でエストレーラを追跡することも考えていた。秋津大佐の人脈や信頼関係を総動員すれば、軽空母一隻に駆逐艦若干を随伴させた「空母機動部隊」を出動させることも可能だった。

ただしそれは、万策つきた場合の非常手段と考えていた。国民政府の対日参戦は阻止できても、和平工作の仲介はまかせられない。それに対日参戦の阻止に限っても、時間かせぎにしかならないだろう。それよりは辛抱づよく、正攻法をつづける以外にない。

秋津大佐は手ばやく考えをまとめて、問いを重ねた。クーデターの本質にせまる根本的な疑問だった。

「政変の目的は何か。黒幕はいるのか。新政府の首班指名はあったのか。それと……国外勢力の関与、具体的な支援の有無だ。念のためにいってておくと精神的な支援など、援助のうちに入らぬ。資金や武器弾薬、あるいは義勇軍の派遣国があれば知りたい」

そこまで話したところで、秋津大佐は言葉を切った。どうも不可解だった。政変の構図が、みえてこないのだ。少なくとも中国共産党や、ソ連邦の関与があったとは思えない。資金がないからだ。しかも彼らは、日本よりも徹底して本音と建て前を使いわける。

ない袖はふれないという事実を、精神的支援と大義名分で誤魔化しているともいえる。その上にスターリンは、従来の蒋介石と国府軍支持の方針を見直すつもりらしい。腐敗して実行力を失った国民政府を見限って、共産党支持に乗りかえようとしている。

中国共産党になると、さらに援助する側にまわる可能性は低かった。やるのなら既成の勢力に肩入れするのではなく、正面から現政権を否定しようとするだろう。かといって英米が、この時機に蒋介石の失脚というリスクを犯すとは思えなかった。

漠然とした印象では近代的な戦争というより、軍閥同士の勢力争いを連想した。だが独自の資金源を有する軍閥とちがって、政変を起こした雇われ将軍には広大な中国を支配する資金力がない。欧米列強や日本の資金提供を、受けるしかなかった。

――そうすると関与が疑われる国は、日本か……さもなければ――。

国民政府自体かと、秋津大佐は考えた。日本国内で別系統の終戦工作が、動きだしているとは思えない。そんなものが存在すれば、ただちに通報されることになっている。この件については、徹底して調査しておいた。複数の工作が同時進行すれば、混乱が生じるからだ。

残された可能性は、国民政府の内部抗争しかない。首脳会議に出席する蒋介石の不在時をねらって、政変を起こす計画だった。蒋をふくむ政府の主要人物を、根こそぎ拘束するのだ。首脳会談にそなえて、側近の多くがエストレーラに乗船していた。

政府機能をそっくり移動する形で、随行団は編成されたらしい。南京に残っているのは、凡庸な役人ばかりだった。日常的な業務ならそつなくこなすが、突発的な事態には対応できない。もしも蒋介石が拘束されれば、そこで政変は終了する。

ただし何ごともなければ。

起きるはずのない偶然が、その日に発生した。極秘裡に申し入れた会談が、秋津大佐の強い希望で四八時間延期になったのだ。エストレーラの出港は遅れ、大佐はわずかな可能性を残して上海に到着した。

それで一応の事情はわかった。だが、まだ不明な点がある。念を押すつもりで、秋津大佐は訊ねた。

「情報源について、話を聞きたい。クーデターの発生は、どのようにして知ったのか。街の噂なのか？」

まさか総領事館の職員を黄浦江の埠頭に立たせて、旅人から情報を集めたわけでもないだろう——そう思ったが、口には出さずにおいた。ただ日本の在外公館には、そんな皮肉をいいたくなる危うさがあった。情報戦に不慣れで、機密の保持に無頓着だった。

時間をかける気はなかった。返事を待つのももどかしく、秋津大佐は部屋の隅々に視線を向けた。探していたものは、すぐにみつかった。家庭用だが高級品らしい中波ラジオが、床に転がっている。

たぶん机上に置いてあったのを、叩き落としたのだろう。富和田主計長の仕業とは、思えない。状況の急速な悪化に苛立った先ほどの日本刀男が、腹立ちまぎれに八つ当たりしたのではないか。念を押すつもりで、秋津大佐は問いただした。

「先ほどの……日本刀男なのか？」

つい今しがた、顔をのぞかせて立ち去った乱暴者らしい。富和田主計長は、無言のまま頷いた。上海の邦人社会で埜崎赳夫《のざきたけお》といえば、誰もが知る存在らしい。その埜崎が、不穏な噂を聞きつけて押しかけてきた。

南京を中心とした複数の政府関係機関で、大規模な銃撃戦が発生したらしい。すでに上海にも飛び火したというが、詳細はわかっていないらかった。情報を集めようにも、個人でできることは限られている。

　上海駐留海兵隊が派遣した分遣隊の到着は、もう少し時間がすぎてからになる。正面玄関前で立哨する兵だけは常駐していたが、現在の情勢を知るはずもない。埜崎は苛立ちをおさえきれずに、富和田主計長の部屋に押しかけた。そして語気するどく詰めよった。現在の情勢は、どうなっているのかと。

　しかし主計長にとっては、寝耳に水の話だった。銃撃戦の一報が入電してから、一〇分しかすぎていないのだ。埜崎が押しかけてくるまで、ラジオ放送で情勢を把握しようとしていた。要領をえない言葉しか返せずにいたら、埜崎は有無をいわさずラジオの電源を入れた。家庭用のラジオを、軍用の通信機と勘違いしたらしい。

　音声は即座に流れだした。選局の必要もなかった。つい先ほどまで、主計長が放送を聞いていたのだ。真空管がほどよく温まって、明瞭な声が聞こえてくる。噂は本当だった。行動を起こした武装勢力の、声明文が読みあげられていた。

　埜崎は横暴で身勝手な人物だが、中国語は堪能だった。声明文によれば現政権は崩壊し、国民革命軍先鋒と称する武装勢力は全土の政府施設を接収しつつあるようだ。ただし上海には外国人居住が多く、租界時の慣習が残っていた。

　そのため急速な改革を実施するには、微妙な情勢らしい。公的には南京と同様に保守派や守旧層は一掃されると宣言しているが、実際にはそれほど大規模な作戦を実施するだけの戦力は保有していないだろう。

だが事実を公然と認めるはずがない。その結果、明日にも上海で大規模な粛清が開始されそうなことをいっている。それを聞いて埜崎は逆上した。前後の見境がつかなくなって、ラジオごと富和田主計長を押し倒した。

もとより主計長に、抵抗するほどの気力は残っていなかった。床に叩きつけられて、唇の端を切ったようだ。一時は蔣介石と配下の閣僚級大物政治家を引きこんで、無理心中をはかるところまで追いつめられていた。一発や二発、殴られても痛みを感じなかった。

むしろ手を出した埜崎の方が、狼狽していた。将校を殴ったことが発覚すれば、ただではすまない。隊の司令が不問にしても、海兵隊員による私的な報復は避けられない。ことに若い主計科員は、黙っていないはずだ。

それがわかっているから、埜崎は慌てて退散した。それでもやはり気になるとみえて、様子を確かめにきた。そこで秋津大佐と、鉢合わせした。ただ秋津大佐や富和田主計長は、埜崎に対する興味を失っていた。

情報収集に気をとられて、それどころではなかったのだ。富和田主計長から情勢の聞きとりを実施するだけで、知りたかったことの大部分が判明した。もっとも重要な情報源は、その後にみつけることができた。

意外なところから、噴泉のように情報が湧きだしていたのだ。

## 4

あらたな情報源は、ＲＳ南京の上海支局だった。

　秋津大佐にとっては理解しづらい感覚だが、南京にある本局は国際放送も手がける民営のラジオ局らしい。ただし実態は政府寄り――というより政府公報の受け売りか、国民党中枢部の考えを代弁する提灯報道ばかりを流していた。

　つまり実質的には、御用放送局とかわらない。実はニュース報道の重要性を認識した蔣介石の主導で、発足させた局だという噂もあった。ところが蔣介石が失脚すると、手のひらを返したように非難の声をあげている。

　権力にすり寄るという点では一貫しているが、いかにも節操がなかった。放送局にしては業務範囲が広く、電波通信に関わることなら手を出さない分野はないともいわれていた。あまりにも多方面に手を広げすぎて、幹部職員でさえ実態を把握できずにいるともいう。

　得体のしれない鵺《ぬえ》のような存在だが、太平洋戦争の開始を機に事業の規模はさらに拡大した。通信社としての業務もそのひとつだった。ただし通信社というのは、実態を把握されないための隠れ蓑だという噂もあった。

　外国語放送の受信や通信傍受の他に、通信諜報や方位探査なども請け負っているというのだ。それが事実なら大陸周辺の外国軍隊は、例外なく動向を把握されている可能性があった。日本軍はもとより、連合国にとっても注意が必要な存在といえる。

　ただし上海支局は、それほど事業規模は大きくない。政変を起こした軍の声明文を、何度もくり返して読みあげている。最初のうちは理解できなかったが、政治宣伝か檄文の類だと思えば解釈は容易だった。

　政変の構図も、自然にみえてきた。ただし文意は、ほとんど読み取れない。原文は広東語らしく、一言半句も理解できなかった。ところが時間がすぎるにつれて、少しずつ意味がわかるようになった。秋津大佐の語学力が、飛び抜けていたわけではない。

　富和田主計長が要所で北京語への訳文を、はさんでくれたせいだ。そのすぐあとに、声明文自体が北京語に変化した。広東語と交互に言葉をかえて、おなじ文章を読みあげていく。秋津大佐は耳をそばだてた。記憶にある単語が、読みあげられたのだ。

　あらわれたのは一度だけなのに、妙に気になった。かといって、確かめている余裕はない。待っていれば、またおなじ個所にもどってくるだろう――そう考えて、声明文を耳で追いかけた。いつの間にか使用する言語に、フランス語が加わっていた。

　ところが富和田主計長は、逆にフランス語が不得手らしい。短い文章なのに、まるで理解できないようだ。だが簡単な構文なら、秋津大佐には理解できた。国際都市の上海だけあって、敗戦国フランスの言語がいまも公用語として通用しているようだ。

　結局、抄訳程度の短い声明文だけでフランス語は終了した。ところが多数の言語を一度に聴取したものだから、次に聞いた日本語の意味が読みとれなかった。混乱がひどくて、かえって戸惑うことになった。理解しやすい言葉だと、心の片隅で感じていたほどだ。

　様々な中国語や複数の外国語を自在にあやつ

るアナウンサーも、万能ではないらしい。日本語が苦手なのか発音に癖があった。そのせいで先ほどの単語が、再度あらわれたことに気づくのが遅れた。富和田主計長は、首をかしげていった。

「いま、閻烈山《えんれつざん》といいませんでしたか」

「いった……確かに聞いた。その前に閻烈山《イエン・リエシャン》といっていた。驚いたな……まだ生きていたのか、あの軍閥将軍は。とっくに隠居して、孫どころか曽孫に囲まれて余生を送っているものだとばかり思っていたが――」

感嘆を隠すことなく、秋津大佐がつぶやいた。そのはずでRS南京系列のいずれの支局でも、おなじ声明文が流れている。その冒頭に読みあげられる反蔣介石派の領袖として、その名があがっていた。ところが富和田主計長は、さらに不思議そうな顔で応じた。

「ご存知ないのも無理はないですが、閻烈山将軍は日本に亡命するつもりでした。政変の混乱で身動きが取れなくなったのだと思っていたら、こんなことに――」

これは軍閥同士の抗争だと、秋津大佐は思った。秋津大佐らが日常的に経験している現代の戦争とは、似て非なるものだった。本気で戦う気があるのなら、動員が可能な戦力を一点に集中して敵の本拠地にいたる防御陣を正面突破するのが原則だった。

だが実際に起きているのは決戦を避けて戦力を温存し、形勢の優劣だけで勝敗を決する儀式のような戦争でしかない。近代戦の原則は欠片ほどもみられなかった。時計の針を蔣介石の北伐以前にもどせば、抗争の構図がみえてくる。

天下を取ったのは、閻烈山などではない。閻将軍の威を借りて蔣介石を追い落とし、実績もないまま国民政府の主導権を奪おうとしている者たちだ。そのことは、各国語に訳された声明文を読めば容易にわかる。

国民革命軍先鋒を名乗る者たちは、蔣介石による外交政策の誤りを徹底して批判している。本来なら共通の敵を有する味方にもかかわらず、共産党と紅軍を敵視して内戦に引きこむという愚を犯した。その結果、奪われた東三省は還らず既成事実と化している。

声明文では悲憤慷慨《ひふんこうがい》してみせているが、これは手垢のついた主張でしかない。無策の結果、満州をとりもどす機会を逸したばかりではない。蔣介石が中国共産党を敵視し、内戦を主導したせいで膨大な戦死傷者が生じたことを非難している。

つまり西安事件で提起された問題は、いまも解決していないといっていい。それなら西安事件の構図を現在の中国に置きかえれば、政変の真相がみえてくるのではないか。そして政変を起こした者たちの本音は、声明文の中にあった。

フランス語の声明文には「国共合作を成立させて、中国に統一政権を樹立させよ」という文言がつけ加えられていた。すると政変を陰で主導しているのは、中国共産党か――一時はそう考えたが、共産党にとって国民党は天敵であり合作はありえない。

それだけの資金力もなかった。むしろソ連をのぞいた連合軍――というより米国が仕掛けた陰謀なのではないか。マルタおよびヤルタ会談に蔣介石が出席した場合、アメリカにとって都合の悪い提案をする可能性がある。

たとえば統一中国の仲介による和平交渉のような。

そんな提案をされるくらいなら、手ばやく首をすげかえた方がいい。そう判断して、あえて政変というリスクをおかしたのではないか。それで蔣介石が排除されれば、アメリカにとって都合のいい傀儡政権を成立させるまでだ。

仮に失敗しても、蔣介石に対する「ゆさぶり」にはなる。アメリカとしては蔣介石を排除してでも、統一中国による対日参戦の道筋をつけたいところだ。一方の中国は、労せずして戦勝国になる機会を逃すことになる。

そのかわり日本に恩を売って、満州国の主権を取りもどすことが可能だ。手をこまねいていれば、ソ連邦赤軍と中国紅軍に挟撃されて満州国は落ちる。北満州油田をはじめ豊富な天然資源と日本が整備した産業基盤は、中国全土を近代化しうる能力を有していた。

それでは蔣介石は、どう動くのか。主都である南京を支配された状態で、何カ月も国を留守にできるのか。できないだろうと、大佐は即断した。むしろこれは蔣介石を釘づけにするための、謀略なのではないかと思うほどだ。

話し声に気づいて、大佐はふり返った。

いつの間に入室したのか、誰かが扉のちかくで話しこんでいた。相手をしている富和田主計長は、以前からの顔見知りらしい。しきりに頷いているが、額の傷跡が気になった。転んだ程度の怪我ではなさそうだ。乱闘でもしたのか、上衣の袖が裂けている。

すぐに主計長は、秋津大佐の視線に気づいた。

民間人らしい男との会話を中断して、秋津大佐にむきなおった。男とは他愛のない談笑をつづけていたらしく、表情には緊張感がなかった。主計長は微笑を浮かべていった。

「蔣主席は、すでに出国した模様です」

季節の変化を話題にするかのような、さりげない口調だった。そのせいで、言葉の意味がすぐには理解できずにいた。一瞬だが、思考が停止したようでもある。秋津大佐は無意識のうちに、時計をたしかめた。故障かと思って、別の時計にも眼をむけた。

だが机上の置時計も、同じ時刻を指していた。当初の予定では現地時間の午前〇時まで、ここで待機をつづけることになっていた。そのときまでに新しい動きがなければ、熱海による捜索は失敗したとみなされる。

主計長は何を根拠に、蔣介石が出国したなどといいだしたのか。その点を問いただすと、主計長は何でもないようにいった。

「つい先ほど熱海の制止を振りきって、長江本流を下航した大型外航船があったようです。船影からしてエストレーラの可能性大、らしいです。その船と熱海の交信を、RS南京の受信局が傍受していました。

交信の詳細は非公開になりますが、蔣介石主席が乗船しているのは間違いなさそうです。エストレーラとおぼしき大型外航船はその後すぐに河口をこえたので、熱海は追跡を断念しました。ですがその間の経緯は、間もなくRS南京の本局で放送されるはずです。

明日の朝には上海をはじめ、各地の支局で公表されるはずです。『蔣主席が米国に亡命』として。実際には国外逃亡と、大差ない論調になりそうですが」

米国に亡命……だと？

その言葉の意味は重かった。もしも事実として公表されると、日本が介入する余地はなくなる。蚊帳の外に追いだされて、米軍の進駐を黙ってみているしかない。あとはアメリカの仲介で、国共合作を成立させるだけだ。そうすれば、ソ連の影響力も排除できる。

無論、地理的には日本やソ連の方が圧倒的に有利だった。ことに日本は緊急展開が可能な海兵隊を、上海に駐留させている。部隊規模は小さいが、機動性と使用機材の先進性では群を抜いている。南京と周辺地域を制圧して、傀儡政権を樹立することも可能だった。

しかし軍事的に可能でも、道義的な問題は無視できない。軍事力による国家の再編は、独立国としての尊厳を無視する行為に他ならなかった。そして中国との全面戦争を回避してきたこれまでの努力は、すべて無駄になる。

かといってエストレーラを追跡して武装部隊で制圧し、蔣介石に会談を強要するのは無意味だった。たとえ会談が成功しても、無理強いされた合意に意味はなかった。

――暗殺しかない……のか。

秋津大佐は、ひそかに肚をくくった。中国の対日参戦を阻止するには、それ以外に方法はなさそうだ。最小限の構成単位で空母機動部隊を編成し、北米にむかうエストレーラを洋上捜索して撃沈するのだ。不名誉で恥ずべき行為だが、避けて通ることはできない。

帝国海軍の戦闘艦群が関わったことは、何があっても発覚してはならなかった。艦上攻撃機は出撃前に主翼の日の丸を塗りつぶし、所属部隊の識別記号もすべて消しておくことになる。それ以前に生存者は、一人もださないのが原則だった。

漂流者は発見次第、銃撃しなければならない。生存者が漂着しそうな海岸地帯には、事前に救助の禁止を通告しておく必要がある。想像するだけで気が重く、いやな記憶が残りそうな任務だった。それだけに、他のものには任せられない。

そのような思いをこめて、秋津大佐は富和田主計長につげた。

「短い間でしたが、本当にお世話になりました。そして、ご苦労さまでした。小官はただちに帰国して、善後策を講じなければなりません」

別れの挨拶を、するつもりでいった。そのせいで、自然に事務的な話し方になっていた。富和田主計長はよくやってくれた。だからこそ、これ以上は関わらせたくなかった。二度と会う機会はないはずだ。そう考えていたから、ことさら冷たい口調になった。

ところが富和田主計長と民間人らしい男は、この場に似つかわしくない微笑を浮かべている。それが気に障って、わざと嫌われるような言葉を口にした。

「どうした……。小官の顔をみなくてすむのが、それほど嬉しいのか？」

そういった途端に、富和田主計長の表情が変化した。

「とんでもない！　その逆です。明日からは我々二人が、大佐を支援します。非公式な会談なので国賓待遇とまでは申しませんが、精一杯の努力をするつもりです。必要なものがあれば、何でも気軽に御申しつけください。

蔣介石主席のことを知りつくしている波須田貴一君が、全面協力します」

――蔣介石主席と……会談を？

蔣介石ならエストレーラで、米国に向かったのではないのか――そう思ったが、どうも違うようだ。事情が把握できずに戸惑っていると、波須田は律儀に一礼した。主計長は上機嫌で大佐にいった。

「波須田君は頼りになる人物です……。私の仇をとってくれました。総領事館の自警団長を自認する男――埜崎がこの建物を封鎖して、日本人以外は通さんと頑張っていたんです。そこに波須田君が乗りこんで、埜崎の野郎を殴り倒してくれました。

最初は追い返されたそうですが、大事な用件だというので二度めは失敗しないよう裏口から忍びこんだようです。埜崎は二度とあらわれないでしょう。波須田君の一撃で、鼻柱をへし折られたようだから」

「失礼……蔣主席は現在、何処におられるのでしょう。エストレーラの船内と、考えてよろしいのですか」

秋津大佐が割りこんだ。二人の表情が一瞬のうちに強張った。やはり富和田主計長は、情勢判断が甘いようだと大佐は思った。だが今は、それどころではない。早急に蔣介石の居場所を確認して、護衛とともに安全な場所に移動させる必要があった。

さもなければ事態が公表されて、蔣介石は求心力を失う。

## 5

飛龍一号機の周辺空域には、一〇機あまりの雑多な航空機が滞空していた。

いずれも夜間戦闘が可能な改造機に、手だれの操縦者が乗りこんでいる──はずだった。それでも接近しつつある敵夜戦──夜間戦闘に特化した大型機P61ブラックウィドウ「黒衣の未亡人」あるいは「黒後家」を相手にするには、力不足という印象が強かった。

ただ実験飛行中隊を指揮する坂崎大尉は、P61の撃破に意欲的だった。それどころか歯牙にもかけない勢いで、攻撃目標はブラックウィドウではなくマリアナ諸島に進出したB29群だと明言していた。

だからマリアナ諸島の防空飛行隊である夜間戦闘機隊など、小手調べのつもりで蹴散らせばいいと豪語していた。しかし坂崎機長の飛龍1に同乗する航法員の篠河原伍長には、それが非現実的なことのように思えて仕方がなかった。

陸海軍の混成部隊だからわかりづらいが、篠河原伍長はただの下士官でしかない。それにもかかわらず、戦闘全般を俯瞰する立場にいる。だからこそ、力の差は充分に認識していた。米軍航空隊は、本気だった。

実験飛行中隊に接近しつつあるP61は二機だけだが、大口径機関砲を数多く搭載した火力の充実ぶりは無視できない。搭載火器だけを単純に比較しても、単座戦闘機の倍もの攻撃力を有する。

それほど強力な夜間戦闘機が、小笠原諸島周辺で行動中の二機とは別行動をとっている。位置はマリアナ諸島の周辺空域よりは北寄りだから、航空基地の直掩というより小笠原諸島周辺にあらわれた二機の後詰めだろう。

以前から米軍夜間戦闘機隊の動きを監視していた対空部隊によれば、原則的には常に一機ないし二機が後詰めとして滞空しているらしい。つまりマリアナ諸島に進出すると、かならずP61に動きを阻止される態勢になっているようだ。

この状況から試算すると、マリアナ諸島に常駐するP61は少なくとも八機、予備機をふくめると一〇機になるらしい。実験中隊の火力不足が気になるところだが、坂崎大尉は楽観していた。中隊の主力は、夜間戦闘に特化した零式艦上戦闘機二一型改だった。

二個小隊八機の単座零戦を中核に、陸軍四式重爆撃機飛龍と複座零戦を二機ずつ加えた計一二機で実験中隊を構成していた。これに対し反航状態で接近しつつある敵影は、単機あるいは少数の夜間戦闘機による編隊と考えられた。

大型機の単機侵入――ボーイングB29による偵察行動の可能性も捨てきれないが、航過時刻と目的地到着時の予想雲量からして目視および写真偵察は不可能と判断された。以上の点からして、接近しつつあるのはP61の二機編隊だと推定された。

大型夜間戦闘機をあわせて八機以上も展開しながら、前線には二機しか配置できないのだ。実験中隊につけこむ隙があるとすれば、そこしかない。火力の劣る零式艦戦であっても、全八機を集中投入すれば勝機はあるのではないか。

篠河原伍長はそう考えた。だが坂崎大尉の方針は違っていた。不足気味の戦力をさらに二分して、二系統の異なる敵を同時に攻撃しようとしていた。成功すれば二機のP61と敵潜水艦を撃破できるが、わずかでも行き違いがあると虻《あぶ》蜂《はち》とらずになる。

それどころかP61に逆襲されて、実験中隊は全滅しかねなかった。嫌な予感がした。耳元で誰かの高笑いを聞いたような気がしたのだ。あの神を恐れぬ罰当たりな兄ちゃんに、返り討ちを食らうかもしれない――それを思うだけで気分が重かった。

「どうした、伍長。もう集中力が切れたのか」

レシーバごしに、声を聞いたような気がした。その直後に、殴られた痛みを思いだした。慌てて背後をふり返ったが、坂崎大尉は操縦席にもどっていた。だが大尉の後ろ姿からは、気迫が伝わってくる。わずかでも気を抜けば、すぐに拳骨が飛んできそうだった。

それでようやく、作業にもどることができた。計画の大枠は坂崎大尉が、そして詳細は篠河原伍長が決めることになっていた。あらためて大尉の計画を検討すると、荒削りな点もあるが実現は充分に可能だった。

むしろ現状では、他に選択肢はないと思えるほど完璧なものだった。限定された条件下で、ふたつの目標を同時に撃破する必要はない。要は急派された駆潜艇隊が、戦場に到着するまで無力化すればいいのだ。

投入されるのは、単座の零式艦戦隊第二小隊の四機だった。目撃情報からして周辺海域で哨戒行動中の敵潜水艦は、ガトー級であると思わ

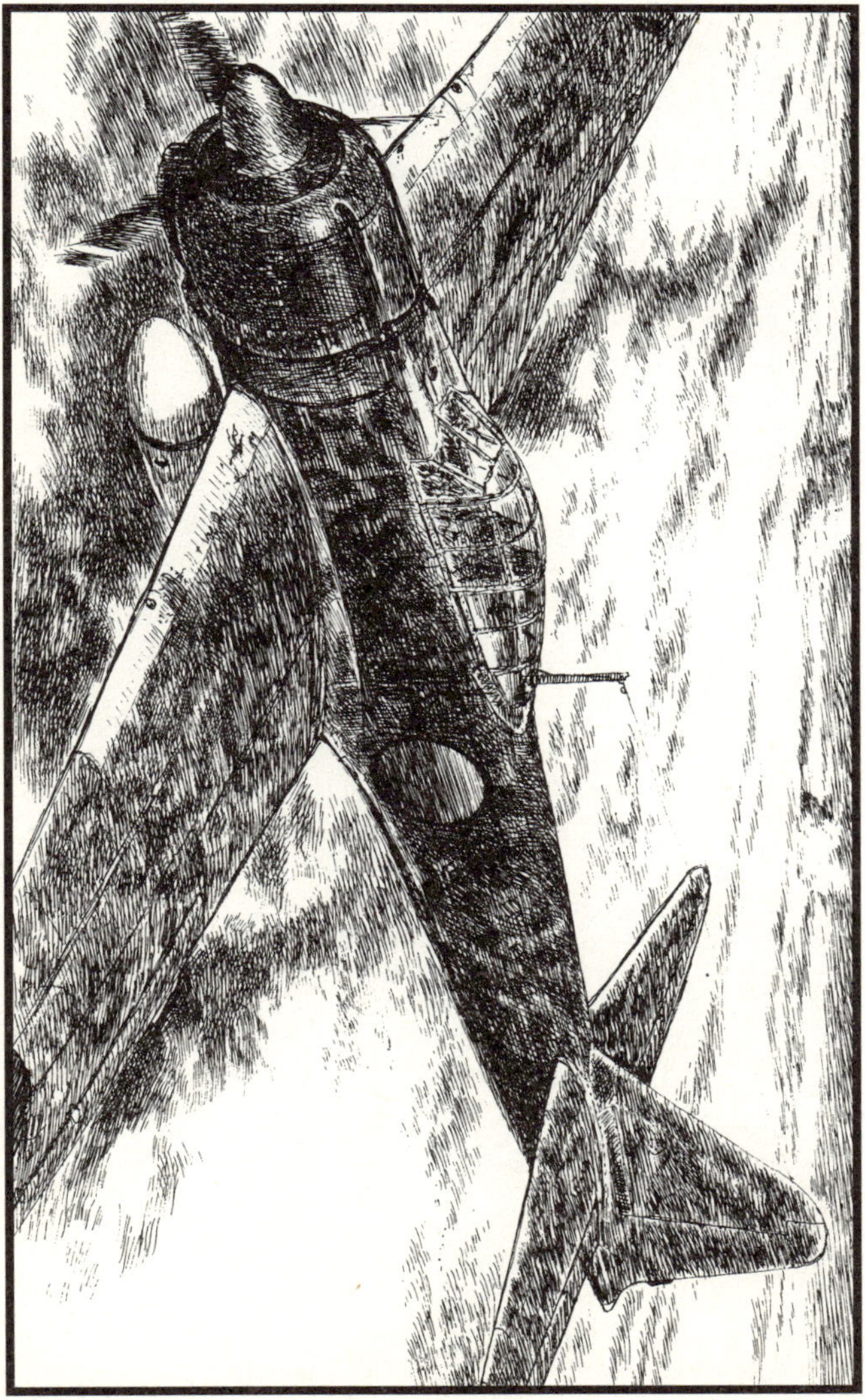

零式戦闘機二一型

れる。潜水艦といっても対空兵器は充実していることが多いから、油断はできない。

竣工時に搭載されていた一二・七ミリ機関砲をエリコン社の二〇ミリ機関砲に換装している例は多く、ボフォース社の四〇ミリ機関砲を増設した例さえある。そのような艦艇を無力化するには、意表をついた奇襲攻撃しかない。

第二小隊の単座零式艦戦隊四機をすべて海面ちかくまで降下させて、搭載兵装の死角から突っこませるのだ。月どころか星もみえない闇夜だから、目視で標的を確認する余裕はない。接敵用電波警戒機の表示だけを頼りに暗雲ごしの撃ちあいになるだろう。

全般的な支援と誘導、さらに妨害電波の発信まで担当する複座の零戦に照明弾の投下まで担当させるしかなかった。襲撃は二方向からの挟撃になるが、実際には全機が一航過して終わりではないか。

手強い敵だが、捜索自体は困難ではないはずだ。P61同士の交信で、長機が「硫黄島近海でパトロール中の潜水艦を、支援にあたらせる」と伝えていた。その言葉が事実なら、周辺海域で行動中の米潜水艦を逆探知で捕らえることは可能であるはずだ。

ただし欲張るのは危険だった。核心部を二〇ミリ機関砲で射抜けば、潜水艦はたやすく撃沈できる。だが海面上に航空機が居座っていると、それだけで潜水艦は萎縮する。駆潜艇が到着するまでの間、海面下に沈めておけば無力化は成功したも同然だった。

本命のP61は、もう少し厄介だ。ただし意表をついて、奇襲攻撃をかける点では共通している。予想もしなかった死角から、敵の最弱点をめざして突っこむのだ。可能なかぎり重厚かつ広大な火網で、敵の全縦深を包みこむのが理想だった。

しかし現実的にいって、それにも限界がある。海面ちかくまで降下した第二小隊を、決戦空域の巡航高度に上昇させるだけで時間がかかる。第二小隊の位置は、すでに知られているからだ。合流を待っていたのでは、奇襲にならなかった。

戦力的に多少の不安があるものの、待ち伏せは第一小隊だけでやるしかない。二機の飛龍が囮となって、その周囲に二段構えの罠を仕掛けておくことになる。さらに仕掛けた罠をはずされた場合にそなえて、駄目押しの最終罠を残しておく。

すべての迎撃手順を決めたあとで、最後の仕事を片づけた。罠にはまりこんだ敵の脱出路を、ひとつ残らず封じておいたのだ。時間は限られていたが、できるかぎりのことはやったという自信はあった。あとは結果を、待つだけだ。

中間指揮と連絡を担当する複座の零式艦戦に、作戦計画を伝え終わった。複雑で巧緻な作戦だった。そのような作戦は、齟齬が生じやすいことは理解していた。しかし複雑な地形に応じて変化する陸軍の教範に慣れた身には、他のやり方など思いも寄らなかった。

原則的に戦闘が終了するまでは、無線封止と考えていた。だがこの分では、制限つきの無線電話を使用せざるをえないようだ。場合によっては、篠河原伍長自身が真っ先に破ることになるかもしれない。仮に伍長が守っても、指揮官が無視するだろう。

　そして戦闘が開始された。最初は浮上した潜水艦との戦闘だった。雲の底よりも低い位置に、大規模な光源があらわれたらしい。だが、遠すぎてよくわからなかった。低高度で急接近してくる機体と、海上との間に光の束が迸ったようにもみえた。

　だがそれも、ごく短時間で終了した。銃撃戦が発生したらしいが、いまのところ戦況は伝わってきていない。ただ飛龍1に搭載された逆探には、ガトー級潜水艦の対空見張り電波警戒機が作動している形跡はなかった。

　ということはガトー級潜水艦は、無視できない被害を受けたと考えてよさそうだ。そう考えたときだった。眼下の海面に、閃光が走った。衝撃波がそれにつづいて、雲の上面が波打った。それで終わりだった。


　落雷などではなかった。おそらく砲弾か、魚雷弾頭の誘爆だろう。零式艦上戦闘機の二〇ミリ機関砲が、潜水艦内の弾薬を起爆させたのだ。爆装した零式艦戦は、実験中隊には加わっていなかった。

　そのときには、Ｐ61との戦闘が開始されていた。最初から乱戦となることが、予想される戦闘になった。ガトー級潜水艦の誘導が途切れたＰ61は、予想以上に航法が拙かった。三人も乗員がいるのに、ナビゲーションのできる者は皆無らしい。

　機位を失ったらしく、迷走する機体もあらわれた。ようやく体勢を立てなおしたものの、二機のうち一機は呆気なく被弾して高度を落とした。もっとも近い味方の基地はサイパンだが、とても飛行をつづけられそうになかった。

あとの一機は、なんとか持ちこたえた。そのまま乱戦になって、抜けだせなくなった。奇妙な戦闘だった。闇の中でたがいの機影をみることもなく、機載電波警戒機の指示にしたがって銃撃をくり返している。闇を切り裂いた火箭が、攻撃目標を縦横に刺し貫いた。

そのせいで篠河原伍長も、戦況を把握できずにいた。一機だけになったP61は、離れた位置にいた飛龍や複座零戦にも銃撃を仕掛けてきた。だが、いずれも最小限の武装しか搭載していない。形だけ反撃して、逃げまどうだけだ。

形勢は敵に傾きかけていた。僚機を失った敵機は、大馬力エンジンと大火力の兵装にものをいわせて、血路を開こうとしている。不用意に近づくのは危険だった。距離をおいて、様子をうかがうしかない。

加勢があらわれたのは、均衡状態が破れかけた時だった。常念寺二飛曹だった。敵機を待ち伏せする三段がまえの罠のうち、最後に仕掛けたのが常念寺二飛曹だった。海面ちかくまで急降下して逃れようとする敵機を、闇の奥から一撃で仕留めるのだ。

その存在を失念していた。急いで通信機を操作した。伍長はいった。

「常念寺二飛曹は現在を以て、戦闘参入を可とする。敵機の推定位置は——」

無線電話の奥から声が聞こえてきたのは、その直後だった。奇妙な声だった。罵り声をあげているようだが、銃声がかぶさって聞きとれない。もしかすると、戦死者の幽霊だったのかもしれない。「南無阿弥陀仏」と経をあげていた。

# 終章　難題

無理難題を突きつけられた、という印象しかなかった。

苦労の末に実現した蔣介石との会談は、成果らしきものがないまま終了した。漠然と予想していた最悪の事態——双方が非難の応酬に終始するという不毛な結果だけは回避できた。しかし膠着状況を打開する画期的な新方針が、そう簡単にみつかるはずもなかった。

それも三〇分程度の会談時間では、とても足りなかった。実際に会談の開始から一時間も過ぎたあとで、蔣介石側から延長の申し入れがあった。すでに航海は、始まっていた。会談を設定したのは、ポルトガル船籍の貨客船エストレーラの船室だった。

太平洋横断の途上で立ちよった湾のひとつで、悪天候を避けながら会談をおこなったのだ。蔣はこの状況が気に入ったらしく、日程

を切りつめて次に立ちよる場所を決めようとした。この方法なら航海中にもう一度、会談の場を設定できるという。

要領よくやれば現実的で、しかも画期的な方法として定着する可能性があった。だが見解の大きく異なる相手との対話を成功させるには、地道な努力以外に有効な解決方法はない。誰も通過したことのない近道が本当にあれば、とうに大通りと化している。

過去の実績を無効にするような革新的な新技術など、存在するとは思わない方が無難だった。そんな道が本当にあれば、誰でも使える古典的な街道として利用されている。しかも使い勝手は、常識の範囲内におさまる程度でしかない。

秋津大佐にとって蔣介石は初対面だったが、とてもそう思わせない親しみやすさがあった。その一方で接し方を間違えると、いくつ命を差しだしても足りない怖さを感じる。四〇歳そこそこで中国全土を掌握しただけあって、一筋縄ではいかない交渉上手だった。

だが会談の場で蔣介石が切りだしたのは、画期的な新提案ではなく無理難題だった。もしかすると秋津大佐の力量を、計ろうとして

いたのかもしれない。一度の会談で講和を持ちだすのではなく、双方が条件を設定しようというのだ。

日中双方が講和を受けいれられるほど、機が熟していなかったともいえる。かりに当時の状況で講和条約の締結をめざして交渉を開始していたとしても、合意に到達するのは困難だったのではないか。

後になってその点をよく考えてみると、蔣介石はすべてを見通していたようにも思える。それほど蔣介石の提案は、本質をついていた。ところが当初は単なる時間稼ぎか、大陸風の大言壮語としか思えなかった。

マルタ—ヤルタ会談の終了から三カ月後に、中日両国は条件をととのえて和平交渉に臨むことになる。その間に中華民国は対日参戦の意思決定をおこなわず、したがって英米など連合軍の領内進駐も認めない。

これに対し日本はマリアナ諸島を基地とするB29重爆撃機の本土空襲を、停止させなければならない。普通に考えれば、これは日本にとってきわめて分の悪い条件だった。中国は英米に何を要求され

ても約束せず、参戦を迫られてものらりくらりと逃げていればいい。ところが日本は、かなり大規模な作戦を実施する必要があった。現在も熾烈な地上戦がつづいているサイパン島は、大型機が安全に発着できる飛行場が整備されていないから除外していいように思える。

ただグアムとテニアンの二島を奪い返すのであれば、支援基地となるサイパン島の飛行場群も放置しておけない。無力化しただけでは、安心できないのではないか。敵手に落ちたままでは、修理を重ねて強引に運用されてしまう可能性があった。

むしろ敵の被害局限能力を考えれば、日本軍が制空権を確保していても安心はできないだろう。そう考えると、島ごと占領するしかないように思える。だが、はたして三カ月で奪い返せるかどうか。

提出期限が三カ月の宿題を、期間厳守の条件つきで申し渡されたような気分だった。三カ月がすぎても中国が連合軍に加わっておらず日本がマリアナ諸島の米軍航空基地を無力化していれば、そもそも中国の仲介など必要ないのではないか。

——もしかすると……我々はいっぱい食わされたのか。

そんなことを、ふと思った。あのクーデター騒ぎが、国民政府の自作自演だった可能性に気づいたのだ。だがすぐに大佐は、考えるのをやめた。今から詮索しても、意味はなかった。それよりも、これからのことを考えるべきだ。すでに会談は終わったのだ。

　東の空が明るくなっていた。もうすぐ夜が明ける。蔣介石を乗せたエストレーラは、次第に速度を上げつつあった。湾外に出たところでさらに増速して、急速に遠ざかるはずだった。ここまで距離をとって同航してきた夕風は、まだ湾内にとどまっている。

　日本列島の西端に位置する小さな湾だった。呉淞河口から先行して外洋に出たエストレーラを追って、夕風も東シナ海に乗りだした。丸一日ちかい追跡のあと、ようやく追いつくことができた。夕風の指示にしたがって、エストレーラは湾内で待機していた。

　潮流を避けて、仮泊するためだ。遅れて湾に入った夕風からは、短艇《カッター》で往復した。短艇の揚収作業は、すでに開始されている。作業が終了次第、夕風も湾を出る予定だった。

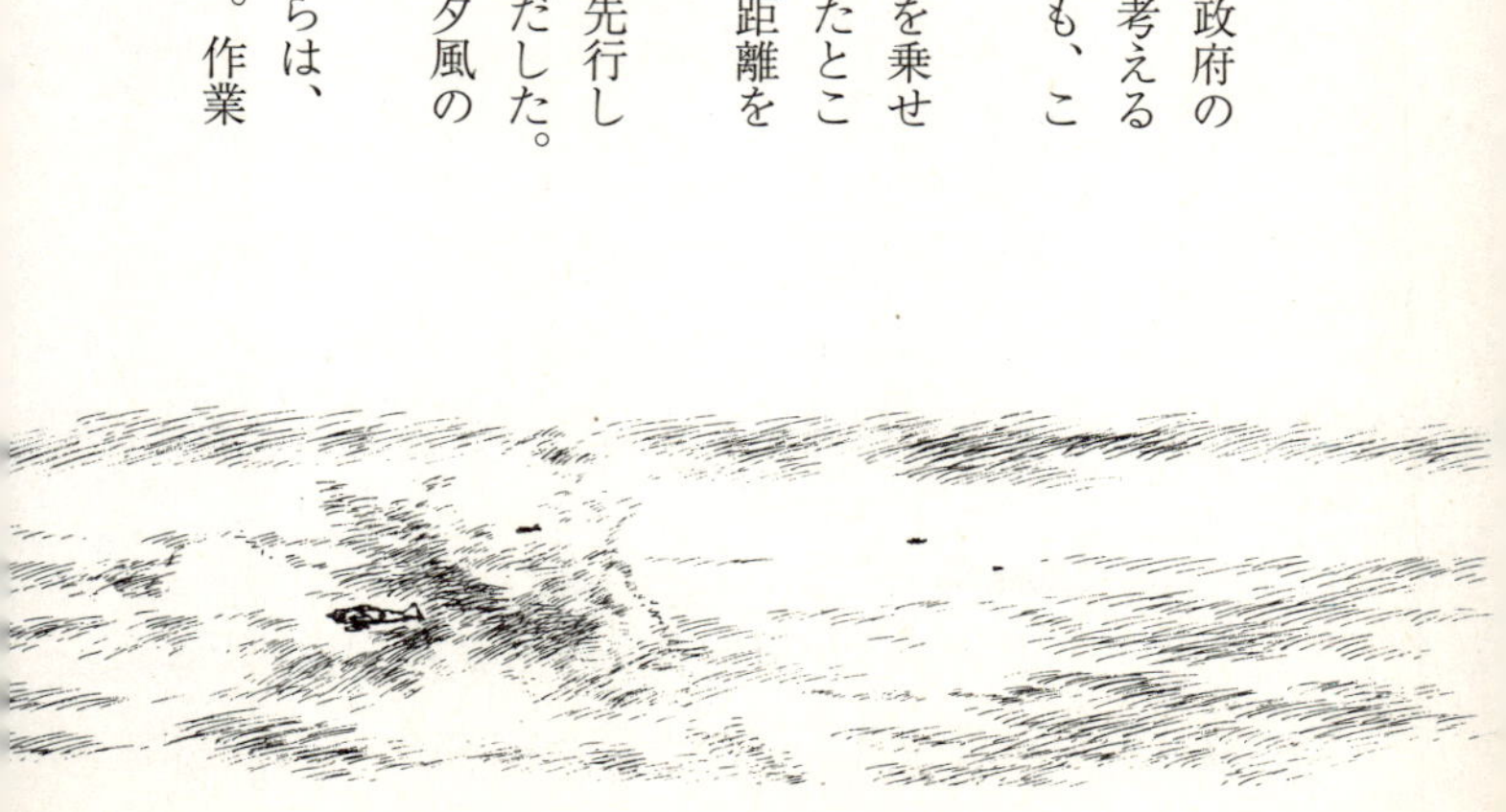

秋津大佐は肩をすくめた。海上を吹きすぎていく風が、少し強さを増したようだ。艦内に入ろうとしたが、すぐに思い直した。深い理由はない。

夜明けの瞬間に、立ち会いたかったのだ。

噂話は驚くほど早く広がった。

あまりに伝播が早すぎて、矛盾に気づくものもいなかった。そのうちに荒唐無稽な枝葉がついて、まったく無関係な別系統の噂話が派生した。それほど破天荒な噂話にもかかわらず、三日もしないうちに常識として扱われていた。

もしかすると噂話では片づけられない真実が、ふくまれていたのかもしれない。あるいは誰もが期待しながら、公然と口にできない事実が隠されていたとも考えられる。日本はすでに、丸三年ちかく戦いつづけてきた。

国力のすべてをつぎ込み、余裕をなくしたまま全力で駆けぬけてきた。その揺りもどしが、噂話に凝縮されていたのかもしれない。

そのせいか確たる根拠などないのに、異論を許さない頑なさが見え隠れしていた。

――四月末の天長節か、遅くとも端午の節句までには戦争が終わる。

それが噂の根幹となる部分だった。単純すぎて拍子抜けするほどだが、それだけに説得力があった。少なくとも篠河原伍長が厚木基地に帰還したときには、噂話は最初の混乱を脱して第二段階に入っていた。

発端となる最初の話が何だったのか、すでに確認するのが困難になっていた。数えきれないほど語りつがれたせいで噂話は洗練され、無数の異説に形をかえて伝承と化していた。当事者の一人である篠河原伍長でさえ、その事実に気づくことなく噂話に耳を傾けていた。

実は「三カ月以内にマリアナ諸島の米軍航空基地を無力化すれば、国民政府の蔣介石が和平交渉の仲介に乗りだす」というのが噂話の原型だった。だが最初の言葉が囁かれてから、わずか数日程度で噂は陸海海兵の全軍に広がった。

前線から帰還した直後の伍長に、噂の真意を問いただす者も少なくなかった。海軍航空隊の基地に常駐する陸軍部隊のせいか、普通とは違う情報源を持っていると思われたようだ。無論そんなことはなく、むしろ出撃していた間は情報の流入が停止していた。

だから噂話の根幹を聞いたときには、耳を疑った。たちの悪い冗談を、聞かされた気分だった。硫黄島をめぐる航空夜戦は、一進一退の状態がつづいている。緒戦でＰ61ブラックウィドウ二機と、ガトー級潜水艦一隻を撃破しただけで膠着状態に移行した。

その後の敵夜間戦闘機群は、マリアナ諸島にひそんだまま積極的な作戦を控えるようになった。味方潜水艦による誘導支援を受けられない状態で、攻勢に転じるのは無理と判断したのだろう。無論だからといって、進攻を断念するとは思えない。

「むのさりなのさんだいですね。そのさんなこと、ぜのさったいにふのさかのうです（無理難題ですね。そんなこと、絶対に不可能です）」

篠河原伍長がいった。相手は零式艦戦搭乗員の常念寺二飛曹だっ

た。以前はそれほど親しくなかったのだが、父島で待機していた時に話す機会がふえて親しくなった。海軍の隠語や符丁を知りたくて、話しかけたのがきっかけだった。

ところが常念寺二飛曹は、不思議そうな顔で見返している。もしかすると、通じなかったのかもしれない。

エストレーラが撃沈されたという情報は、確認が取れないまま誤報と判断された。

最初から胡散臭い情報だった。情報源自体が曖昧な点に加えて、RS南京系の通信社が積極的に報じたことが騒ぎを大きくした。RS南京といえば蔣介石の留守をねらって仕掛けられた政変の、隠れた支援者だった。

蔣介石の子飼いであるRS南京の本局が全面的に支援したものだから、国民政府内部の主導権争いでしかなかった政変が国を二分する内戦寸前にまで拡大した。今回の撃沈報道も、それと同様の意図的な「誤報」と受けとられたようだ。

だが多少とも中国の内部事情を知る富和田主計長には、これが「誤報」あるいは「捏造《ねつぞう》」とはどうしても思えなかった。たしかに事実誤認もあるが、わずかに垣間見える真実も無視できなかった。

何よりもソ連には、動機がある。エストレーラを撃沈すれば蔣介石は死亡し、中華民国の対日参戦は大きく遅れる。余力を失った日本を叩く準備をしているものの、ドイツが脱落しなければ兵力の大規模な移動はおこなえない。

時間かせぎのために、エストレーラもろとも蔣介石を太平洋に葬ろうとしたのではないか。下手人はソ連海軍極東艦隊の、潜水艦だと考えられる。エストレーラは戦火を避けて北よりの航路をとり、ダッチハーバーの沖合で雷撃されたと推測された。

辻褄はあっているが、この情報は誤報と判断された。なぜか。簡単なことだ。エストレーラは雷撃されたものの、魚雷は命中しなかったからだ。ソ連海軍の潜水艦はエストレーラを深追いせず、生き証人が大勢ダッチハーバーで下船したらしい。

ただし蔣介石はエストレーラに乗船しておらず、南京で蜂起した

反攻府勢力——というより反蔣介石派との抗争を陣頭で指揮していた可能性が高い。無論、その逆であるのかもしれない。秋津大佐と会談したのが本物の蔣介石だとも考えられる。

無論、二人とも偽者ということもありうる。存在するのは影武者だけで、すべては虚構の上に成立している可能性もある。

# あとがき

「のさ言葉」を、ご存じだろうか。

谷が中学生のころだから、いまから半世紀以上も前に流行した記憶がある。言葉遊びの一種で、文を構成する単語の第一音と第二音の間に「のさ」の音を挟みこんで無意味な文を作りだす――あるいは他聞をはばかる秘密の会話をかわす時に使われる。本文中の会話を例にとれば「無理難題ですね。そんなこと、絶対に不可能です」は「むノサりなノサんだいですね。そノサんなこと、ぜノサったいにふノサかのうです」となる。

一口に言葉遊びといっても種類は多く、右のような「入れ詞《ことば》」と称するやり方だけでも様々なバリエーションがある。もとは遊郭などで使われていた隠語らしく、客に聞かれてはまずい会話の時に使用したようだ。原型となる使い方は江戸時代からあったというが、戦時の海軍で使われていたという客観的な証拠はない。たぶん使われていなかったのではないか。一部の兵が、私的な会話に紛れこませた程度だろう。海軍の符丁は妙にひねった表現が多く、判じものめいている。「のさ言葉」のようなストレートな使用方法は、似つかわしくない。ただし米軍による傍受や盗聴行為の対抗策として、この言葉が使われていた可能性はある。そう考えれば神を恐れぬ罰当たりな兄ちゃんがたれ流していた悪態と大差ない交信時の下品な英語も、熾烈をきわめる電子戦に対するひとつの解答なのかもしれない。

もとより言葉遊びの類は、紙に書かれた文章として残すものではない。したがってバリエーションの大部分は、失われてしまったものと推測される。ということは失われた言葉遊びの記憶を片鱗なりとも書き残しておけば「無意味な駄文の積み重ね」とか「エネルギーと資源の無駄づかい」などといわれる「あとがき」にも価値が生じるのではないか。

シリーズの終幕が近いせいか、今回は失われた過去のあれやこれやを悼む姿勢で書いております。

南埜裟無阿埜裟弥陀仏
(なのさむあのさみだぶつ)
南埜裟無阿埜裟弥陀仏
(なのさむあのさみだぶつ)

チノサーン（合掌）

二〇一九年一月　小松市で

谷　甲州

ご感想・ご意見は
下記中央公論新社住所、または
e-mail：cnovels@chuko.co.jpまで
お送りください。


C★NOVELS

覇者《はしゃ》の戦塵《せんじん》1945
硫黄島航空戦線《いおうとうこうくうせんせん》

2019年3月25日　初版発行

著　者　谷《たに》　甲《こう》　州《しゅう》

発行者　松田陽三

発行所　中央公論新社
〒100-8152　東京都千代田区大手町1-7-1
電話　販売　03-5299-1730　編集　03-5299-1930
URL http://www.chuko.co.jp/

DTP　ハンズ・ミケ

印　刷　三晃印刷（本文）
大熊整美堂（カバー・表紙）

製　本　小泉製本




Published by CHUOKORON-SHINSHA, INC.
Printed in Japan　ISBN978-4-12-501399-2 C0293